苦汁200%　ストロング

目　次

苦汁200%　ストロング

まえがき

前作の『苦汁１００％』よりも良い本を作る。そう意気込んで原稿を読み返してみたら、毎日同じことのくり返しで恥ずかしくなった。特別な事件も起こさずに、いつまでも足踏みしている自分に、自分で苛立つ。めくったページに追いついてこない自分を、ページをめくっている自分が蔑（さげす）む。

いつしかそんな自分を、自分は愛（いと）おしく思っていて、しょうがない奴だと、ページをめくる速度をゆるめて待っている。

テレビやラジオに出た。雑誌に載って、ライブをした。やればやるほど削れていく自分を、自分はじっと見つめる。

一所懸命に生きることは面白くないし、一所懸命に生きることは恥ずかしい。

だけど、少なくとも本2冊分、一所懸命に生きたその証拠が嬉しい。

２０１７年

２月20日

スタジオへ。ライブの練習。懐かしい曲をいくつか。途中で抜けて耳鼻科へ。やればやる程、歌うということがわからなくなっていく。力を抜くということに力が入ってしまう。難しい。焦らずにしっかりやりたい。

采原さん[1]のスタジオで、ライブ音源のミックス。細かいところを粘る。疲れる作業。一回吐き出したライブの音を聴くのは、ゲロを見るみたいだ。誤解されてしまうかもしれないけれど、そう思う。でも、自分が吐いたゲロだから、やっぱり愛着はある。

曲作り、できず。諦めて朝方寝た。

2月21日

作品集、『もうすぐ着くから待っててね』の店着日。明確な数字としての評価が出るこの日は、いつも落ち着かない。学校の試験が嫌でバンドを始めて、なんとか食えるようになったら、今度はCDの発売日、という試験が始まった。それでも、嬉しいことだってある。腐らずにやるしかない。

フジテレビへ。Ｌｏｖｅ ｍｕｓｉｃのリハーサル。スカパラで久しぶりに歌わせてもらえる喜びと緊張。リハーサルではなかなかうまく歌えず、不安が残る。

スペシャへ移動。ヨルジュウの生放送。尾崎世界観のレディースクリニックというコーナー。初日、どうなることかと思ったけれど、なんとか無事に終了。これから、しっかり摑んでいきたい。

家に帰って、弁当を食って、作曲。ラジオを聴きながら寝た。

2月22日

朝、フジテレビへ。今日はＬｏｖｅ ｍｕｓｉｃの本番。カメラリハーサルをしたり衣装を着たり、ヘアメイクをしている間に、あら、もう本番。ライブ形式の収録は緊張する。

本番、なんとかやれたはず。あの中に、しっかり入れた。そこから落ちないように、しっかり立ち続けることができたのか。

東京スカパラダイスオーケストラと一緒にステージに上がれるという幸せ。図々しく、スカパラを背負って歌った、と言えるようになりたい。なる。

ありがとうございました。

移動してスタジオで練習。新曲のアレンジや過去曲の掘り起こし。

スカパラ加藤さん[2]とまた合流して、打ち上げ。途中、GAMOさん[3]も来てくれて、色んな話が聞けて嬉しかった。自分の知らない時代の音楽を見てきた大先輩の話は貴重だ。GAMOさん、声が渋いのに、優しいからたまらない。最高。

加藤さんは安定の愛しさ。

2月23日

J-WAVEへ。BEAT PLANETの生放送。移動して、渋谷のカフェで、

Ｒｏｌｌｉｎｇ ＳｔｏｎｅのインタビューＩ。さらに移動して、ＮＨＫ－ＦＭでＭｕｓｉｃ Ｌｉｎｅの収録。

スタジオへ。昔の曲を思い出す作業。それは、あぁ、これこれ。そういえば、あったなぁ。あぁ、まだ若いなぁ。あいつ、今どうしてるかなぁ。といった具合に、大掃除の時に出てきた写真に対する感情に似ている。

ＤＩＧＡＷＥＬ西村浩平さんと待ち合わせ。久しぶりにゆっくり話ができた。音楽の話と服の話と、誰かに大事な物を任せる時の覚悟と寂しさの話。自分がずっと悩んでいることを、はっきりと言葉にしてもらえた。言葉になってしまえば後は噛み砕くだけ。もうこっちの物だ。

お互い酔っ払って、もう呂律が回らないんだけどなんか話したいあの感じ。味のなくなった言葉をガムみたいにいつまでも噛んでいた。楽しい夜はいつもそう。

2月24日

フジテレビへ。#ハイ―ポール[4]の収録。夕方まで楽しく過ごす。終わってから別の番組の打ち合わせ。ずっと気になっているこの番組。なんとか意味のある物にしたい。番組側が、打ち合わせを何回もしてくれて丁寧に進めてくれるから、凄くありがたい。

帰ってからも乗り切れず。やることが溜まっているのになかなか手をつけられず、ただなんとなく時間が過ぎた。

悔しいことが多い。書けないことが多い。

2月25日

事務所へ。曲作りをしながらフジテレビONEでオープン戦。ライアン小川が炎上。途中で見るのをやめて曲作りに集中、もすぐに鎮火。ジュッ。

スタジオでライブの練習。

新宿へ。ライターの山田宗太朗君[5]、小説家の町屋良平さん[6]と。話は尽きなくて、ゲロまみれの便所や、項垂(うなだ)れて始発を待つ人達の淀んだ空気が懐かしかった。あぁ、今日も生きた、と思わせてくれる街だ。

「才能は他人を幸せにはするけれど、自分は幸せにしない」という町屋さんの言葉を聞いてしっくりきた。最近考えてること、そのものだった。

　今日は良い出会いをした日。

2月26日

Ｊ－ＷＡＶＥへ。反省点はあるものの、しっかり話すところは話せた。もっと多くの人に聴いて欲しい。

スタジオへ。普段と違うスタジオで、何だか設備も新しい。やりにくいな。歌も上手く歌えず、ため息ばかり。ハーハースースーハーハーハーアースー。

夜は鍋。鍋、良いな。美味しい。

シンプルイズチョッキ、な１日。

2月27日

下北沢「Ｄａｉｓｙ Ｂａｒ」でライブの日。

ユタ州のライブを見ていて泣きそうになった。色んなことを思い出す。具体的にではなく、なんとなく思い出す。記憶というよりは匂い。のぶ[7]との声とバンドの演奏が、なんとなくあの頃に引き戻してくれる。チリヌルヲワカもあの頃に戻してくれた。ボーカルのユウさんを見ていたら、日比谷野音を思い出した。受付でもらうビニールに入った大量のチラシとか、日比谷公園の土と、葉っぱから落ちてくる雨のしずくとか。曲と声はもちろんのこと、そんな感情を思い出せる、大切な時間だった。

そして自分達のライブ。何故かステージにあがった時、ウンコのような、なんとも言えない香りが。これはなんだろう、と気になって集中できない。中盤辺りで、いつの間にか消えていた。

楽しかった。緊張感の中に懐かしさがあった。あの頃はなかった緊張感。お客さんが居なければ、緊張することもない。あれだけ欲しかった、喉から手が出る程欲しかったお客さん。不思議だ、それでもまだ足りないんだ。欲だけ膨れて、自信なんて時間が経てば萎んでいくんだから、これも不思議だ。

アンコールで、勢い余ってまだやる予定のない不完全な新曲をやってしまった。

昔から友達が家に来ると、なんか貸したり、あげたりしたくなる性分はここでも一緒。

せっかく「Daisy Bar」に来てもらってるんだから、あれもこれも、とやり過ぎてしまう。

それにしても、あのウンコのかほりは何だったんだろう。

打ち上げは早めに抜けた。楽しく飲んでる場合じゃないんだ、明日はユアタイム[8]なんだ。帰って大人しく寝た。怖すぎる。ぶるぶる。

2月28日

昼からスタジオで練習。レコーディングに向けて、ライブに向けて、色んなところに向けすぎて大変だ。でも、これを乗り越えたら、一皮剥けるはず。(は?)

途中で抜けて、装苑のインタビューと撮影。会心のインタビュー。しっかり話せた。夜のユアタイムに影響してしまうんじゃないかと不安になる程に、するすると言葉が出てきた。言いたいことがしっかり言えた。逆、反町のポイズン状態。最高のこんな世の中。撮影も楽しかった。

フジテレビへ移動。ついに来た。勝負のユアタイム。打ち合わせをしていても落ち着かない。この日まで、資料を読んで自分なりの答えを用意しても、打ち合わせで、またそれが揺らぐ。ゲン担ぎのカツカレーも食べきれず。

この日は、Ｒ－１グランプリ決勝の日で、テレビ局全体が異様な空気だった。楽屋の扉をすこし開けて、その隙間から審査員の清水ミチコさん[9]を待ち伏せ。無事に会えて挨拶ができた。

自分の言葉を何度も疑う。叩いたらいくらでも埃が出てくるし、キリがない。

ついに本番。生放送。

スタジオを前に言葉を失う。まるで戦場のよう。

周りが優しく迎え入れてくれたお陰で無事にやり切れた。とにかく、居心地が良く、好きな空気が流れているスタジオだった。外から見ていてあんなに怖かったスタジオも、入ってしまえば天国だ。きっと戦場にだって、その場なりの、平和で間の抜けた空気が流れているんだろう。

最初に用意していた言葉が、紹介コメントの流れの中で先に出てしまって焦ったけれど、そこでスイッチが入った。それからは夢中で話せた。とにかく楽しかった。

市川紗椰さんもモーリー・ロバートソンさんも、やりやすいように良い空気を作ってくれたし、田中大貴アナの生のナレーションに感動した。すぽると！の時から、あの声で数々のプロ野球の名シーンを見てきたから。

やり切って満たされた。勉強になった。今後も大切になる、お守りのような日。

3月1日

八幡山へ。ｔａｃ：ｔａｃというブランドの写真集の撮影。服を着替えながら、部屋で映画を観たり、公園に野球をしに出かけたり、また部屋に帰ってピザを食いながらビールを飲んだり。緩やかな撮影で楽しかった。

事務所でユニバーサル東さん、青田さんと打ち合わせ。終わってからＴＯＫＹＯＦＭへ移動。生放送。

夜は久しぶりに、郭智博さん[10]と、郭さんの事務所の社長、徳原さんと。遅くまで話した。前回もそうだったけれど、凄く良い時間だった。もっと定期的に話したい人達だ。つい、遅くなってしまった。外は雨。ちょっと位濡れても良いか、と思えるのは、きっと楽しかった証拠。

3月2日

寝不足で出発。ユニバーサルへ。MUSICA、撮影、インタビュー。メンズノンノ、撮影、インタビュー。anan、撮影、インタビュー。週刊ザテレビジョン、撮影、インタビュー。

どれもしっかり話せた。充実した時間。もう書く気力がない。

TBSラジオに移動。エレキコミックやついさん[11]の番組、TOKYO JUKE BOX。直接やついさんにお願いをして出してもらった。やついさんは、いつもこの日記を褒めてくれる。連絡をくれる時に、必ず文末に、「日記面白い！」と書いてくれる。まるで文末のあの、iPhoneから送信、のように。

初めての番組であれだけ話せるのは、引き出してくれるやついさんの力だ。思いやりがあって、しっかり言葉を待ったり埋めたりしてくれるから、話しやすい。マジ感謝！

移動してスタジオへ。えー、まじかよぉ。もういいよ。今日はやめとけよ。無理するなよ。休めよ。

新曲のアレンジ、ライブの練習。メンバー皆、疲れている。

その中で特に疲れていて、動きが鈍く頭もまわらない、立っているだけで精一杯なのは、俺だよ。

カレー屋に寄って帰宅。やることが溜まりすぎていて、泣きそうになる。泣けよ。こんな時くらい、泣けよ。

えーん。えーん。

3月3日

六本木でラジオの収録。スカパラの特番。楽しく話してユニバーサルへ。衣装合わせ。

夜は24時までスタジオ。間に合わない。ツアーの準備にレコーディングの準備。仕方がないから途中で定食屋に行って飯を食った。逆に、逆にね。メンバーには秘密で。

最近余裕がなさ過ぎて、あった出来事を書くだけで精一杯になっている。時間があっという間に過ぎる。

でも、丁寧に日記を書く余裕なんて要らない。日記が雑な月ほど、良い月。そう言い聞かせて寝た。

3月4日

西荻窪でレコーディング。今日は2曲。どちらも、ギターを弾かないので、メンバーが頑張っているのをただ見ているだけ。レコーディングをしている時に、自分の作業がないあの時間が好きだ。なんか落ち着く。

食べたり飲んだり、雑誌を読んだり。歌詞を書いたり、文章を書いたり。出前のカツ丼セットを食っていよいよ歌録り。快調。ところで、このカツ丼セット、最初は「ネギ抜きにして下さい」と謙虚に頼んでいたんです。そうしたらある時から、お店の方のご好意で、ネギの代わりにカマボコが。それはもう嬉しかったですよ。だって俺、カマボコ好きじゃん？　それからというもの、今日はカマボコ入ってるかな。まだかなまだかな〜お蕎麦屋のカマボコまだかなぁ〜。と、学研のおばちゃん風に待っていましたよ。しかし、そんなお店の方のご好意にも慣れてしまった私はいつしか、「ネギ抜きで、代わりにカマボコを」と図々しい注文の仕方を覚えてしまった。この日もその注文の仕方でカマボコ入りカツ丼を口にしたのでした。

ＭＵＳＩＣＡの取材で鹿野さん[12]が来てくれて、その場で書いてもらった原稿をその場で確認。なんとも効率が良いし、生の空気感がある。お陰で雰囲気も良く、作業も進んだ。家に着いたのは朝の5時過ぎ。それでもまだ終わらず、明日に持ち越し。明日というか今日か。もう、どっちでも良いよ。

無事に歌えて良かった。

3月5日

昼から、池尻大橋のスタジオへ。一足先に作業をしていたメンバーと合流。昨日録った音に新しい音を重ねていく作業。時間がない中で、何が必要で何が不要かを見極めるのは難しい。途中で時間が来て、スタジオにメンバーを残して事務所へ。

次のＭＶの監督、山口さん[13]と打ち合わせ。1時間で一気に方向性が見えた。これが成功したらすごい作品になるはず。

上機嫌でJ－WAVEへ。収録前に大量の鼻血。久しぶりで嬉しくなった。昔は疲れが溜まるとこうして鼻血を出していた。久しぶりに限界を超えたんだ、粘膜の向こう側へ。

鼻にティッシュを詰めて、山瀬まみ風に収録。今日も楽しかった。途中、送られてくる音源を確認してスタジオで作業をしているメンバーに注文を出しながら、あぁ、クリエイティブな感じがするなぁ、物作りをしてる充足感に肩まで浸かって「あぁっ」っていう声が漏れた。（いじってます）

スタジオへ。今度はバンドの練習。メンバー全員、疲れ過ぎていて練習にならず。そりゃそうだ。良くやってるよ。あぁ、褒められたい。売れたい。

もつ煮を食って寝た。

3月6日

歯の治療へ。途中六本木で、傘を差しながら喫煙所で煙草を吸っている女の人を見て考えた。急にその人の思考が頭の中に入ってきて、煙の臭いとか、傘を伝う雨粒が手を濡らす感触とか、そもそもこれはタバコの煙なのか、自分が吐く息の色なのか、とか。

そんなことを考えていたって、診療台で口を開けたら漏れなく馬鹿になる。間抜けでなんの抵抗もできないあの状態は、ある意味素直になれる瞬間だ。今回は、麻酔をせずに治療をしてもらった。そして今日は、柴山先生に、「なぜ、風邪薬を飲むと眠たくなるのか」を教えてもらった。ヒスタミンかぁ、ヒスタミンねぇ。治療中、「あったかい薬とつめたい薬が入るからね」と言われた時、一瞬、「あったかいお薬とつめたいお薬どちらにしますか?」と聞かれるのかと思ってドキドキした。

(お茶か!)

柴山先生、今日もありがとうございました。

東京国際フォーラムへ。SPACE SHOWER MUSIC AWARDS 2017のリハーサル。何回かやる中で掴んでいく。周りからも、どんどん良くなっていって、最後が一番良かったと言われた。ということは、当日にリハがないから、明日は本番が1回目ということになるよな。あらー。

3月7日

昼過ぎ、事務所へ。GrindHouse magazineの取材。普段、主にメタルやパンクを扱っているのに、クリープハイプに毎回インタビューをしてくれる有島さん[14]。気持ちが嬉しいし、何より応えたい。こういうことがあるからやめられない。タトゥーだらけの筋肉質なミュージシャンに混ざったへっぽこバンドの写真が誇らしくなる。

東京国際フォーラムへ。本番まで緊張しながら過ごす。良いライブができた。拍子抜けするほど楽しかった。特に、「5%」を歌っている時、はっきりと手応えがあった。

アメ横で買った1200円のオモチャの時計が、本番中、何度もカメラに抜かれていたと聞いて恥ずかしくなった。ちょっと、やめてよもう。

スペシャにもっと恩返ししないと。いつも世話になりっぱなしだ。もらってばかりだ。本当にありがとうございます。

3月8日

早朝、眠すぎて震える。眠気は暴力だ。事務所でヘアメイクをして学校へ。アーティスト写真、ＣＤジャケットの撮影。

教室や廊下、外に出たりと、ゆっくり時間をかけて撮影。今回も、髪とアタシ編集部にお願いした。終始、２人のミネさん[15]が心強かった。ある仕掛けとして撮影に協力してくれた谷本君[16]。前からクリープハイプを好きでいてくれて、「バイト バイト バイト」を聴きながらバイトをしていたことがあると言う。美容師をしていると聞いて、密かに、今度髪を切ってもらおうと決めた。

無事に終えて移動。晴海へ。Ｊ－ＷＡＶＥ ＳＰＡＲＫのポスター撮影。

帰りに、マネージャーとーる[17]と、はしご[18]で担々麵。

事務所ですこし寝て、スタジオへ。ようやく決まったセットリストで通してみると、課題が山積みで、まるでオブジェみたいになった。どっかに展示したろかー！それで、良い具合の間接照明当てたろかコラ。作品名は「嘆きの山」で。

嫌な予感がして、先回りして飲んだ風邪薬の副作用が爆発して、大変なことに。とにかく、眠かった。原因はヒスタミンだ。この前、柴山先生が教えてくれたよ。

移動、スタジオからスタジオ。レコーディングしたばかりの曲のミックスチェック。凄く良い。元が良いから、ギリギリまで粘れる。すこし前までは、ミックスの段階でなんとかいい物にしていたけれど、すでに良い状態でミックスができるから細かく粘れる。これは嬉しいこと。

終わってからひたすら、事務所で原稿チェック。死ぬ。

WEBマガジン・ミーティアのインタビュー原稿が素晴らしかった。山田君の気持ちがこもった原稿。これがインタビュー、という原稿。

3月9日

昼からマスタリング。細かいバランスや曲間の調整。本当に素晴らしいシングルだと思う。これで駄目なら何があるんだ。

何気なく寄った、ブックファースト銀座コア店。レジ横の立看板には、明日閉店とあった。

じゃあ、買い忘れていた本に気がついて、また次に来た時に買えばいいか、というこの気持ちはどうなるんだよ。

一番好きな本屋の閉店は悲しい。次の小説は意地でも文芸のコーナーに置かせてやる、と思っていたのに。あのエスカレーターも、6階に着くまでに通り過ぎるよくわからない店も、好きだった。

何を買うかより、どこで買うか、だったのに。でも、最後に行けて良かった。金がない時代に立ち読みで散々お世話になった分、これからもっと恩返ししようと思っていたのに。

今まで、本当にありがとうございました。

夜は、スタジオで練習。ツアーのセットリストを通す。間に合うのか。なんとかしたいし、なんとかする。

帰ってからも余裕がない。1つずつ終わらせていくしかない。それでも、やることがあるのは、このうえない幸せ。

3月10日

二子玉川でツアーのゲネプロ。体調が悪く、喉の状態も良くない。練習不足で満足できる内容にはならなかった。

本来練習でするようなことをゲネプロでやっているようでは駄目だ。喉が心配。

そのままスタジオで、MVの監督、山口さんと打ち合わせ。前回の打ち合わせがそのまま形になっていた。

良い打ち合わせができたとしても、実際に形になる前に大事なものがこぼれてしまうことが多いから、感動した。(小泉元首相)

家に帰っても体調優れず。

深夜、宇野コーヘーから電話。恋人に浮気をされて別れて来たと言う。帰りのタクシーの中からの電話。そんな状況でも、運転手のおじさんとお釣りのやりとりをする声がやけにリアルで、ドラマや映画のようにはいかないよな。生活するというのはそういうことだ。どんな最悪な出来事があっても、生きているということの間抜けさ。そして、その愛おしさ。

畜生。宇野君、なんとか元気になりますように。そして、放送作家なのか構成作家なのかハッキリしますように。まずは俺が元気にならなければ。

3月11日

目が覚めて、立ち上がれない程の高熱。

強引にスタジオへ。カオナシ[19]と、テレビの収録。ヘアメイクをしてもらうのも辛い。

収録が始まっても、意識が朦朧（もうろう）として、頭が回らない。普段ならすぐに答えることができる質問にも、詰まってしまう。それが悔しい。

収録を終えてユニバーサルへ。予定していたラジオの打ち合わせをカオナシに任せて、ソファーで横になる。病院の予約時間を待って出発。

受付で、院長が書いた本を売っている、胡散臭い病院だ。

診察室で、「大学生？」と聞かれたけれど、イライラする気力もない。

39度の高熱。明日のライブが中止になる。

家に帰って薬を飲んで寝た。最悪な日。

3月12日

久しぶりに寝た。寝た、という感覚が久しぶりだ。

移動しているはずの時間、リハーサルをしているはずの時間、ライブをしているはずの時間。本当に申し訳ない。悔しいと思うことすらおこがましい。

必ず返します。本当にごめんなさい。

3月13日

家で静養。静養と書くと養老乃瀧が思い浮かぶ。夜、マネージャーとーるが届け物をしてくれた。そこにカオナシも付いてきてくれて、差し入れをくれた。ありがたい。

24時、ニッポン放送。出るはずだったミュ〜コミ+プラスを聴く。アメリカに行っているパーソナリティ吉田尚記（ひきのり）さんの代打で、本来はカオナシと2人で出演予定だった。代打の代打になってしまったカオナシ1人での生放送。冒頭、緊張のあまり早口で、何度も声が途切れていて、手に汗握る。本当に申し訳なく思った。今すぐスタジオに行かなければと思った。こんなことになってしまって、本当に申し訳ない。それでもCMを挟んでからは落ち着いていて、凄く良かった。スタッフさんにも助けられて、本当に良い放送だった。あれだけ話せたらいつでも安心して任せられる。彼も確実に成長しているんだな、と改めて感じた。本当にありがとうございます。申し訳ない。ミュ〜コミ+プラス、「好き」。（焼きおにぎりのCM、五郎丸の感じで）

25時、J-WAVE。SPARKが始まる。こっちは、シンガーソングライターの石崎ひゅーいが代打でやってくれた。勝手がわからないなかで、一所懸命やってくれた。途中、聞き慣れた声が、と思ったら宇野君だった。あんなに歯が小さいのに、頑張って話していて感動した。本当に申し訳程度にしか歯がないのに、しっかり話してくれていた。宇野君、偉い。なんだか変なコーナーもあって、楽しかった。最後に、ひゅーいが弾き語りで歌ってくれた「傷つける」を聴きながら、情けなくて悔しくて、泣いた。

そんななか、熱がまた上がってくる。熱が来る。(大黒摩季) イライラして投げ出しそうになるけど、思い留まる。なんとか、16日はやりたい。早く治したい。悔しい。

3月14日

家。

3月15日

昼過ぎ、外に出るとフラフラする。週刊ベースボールのインタビュー。BARF OUT!連載の取材。移動してロッキング・オン・ジャパンの撮影、インタビュー。スタジオで練習。明日、ライブをやれると信じて、やれることをやる。鼻声に加えて喉の調子も悪い。相変わらず、立っているとフラフラする。間に合え。色んな薬を飲んで寝た。

3月16日

朝から病院。鼻の穴に何度も棒を突っ込まれて、涙が止まらない。鼻詰まりを治すためなら仕方がない。鼻の穴を犯された。えーん。えーん。

リハーサル。不安を取り除こうとして、また不安が積もっていく。本番、まずは門出船出[20]というユニットが出演。門出さんと船出さんは、軽妙なやりとりを経て、オリジナル曲を披露。

突如食卓に現れた赤飯を糾弾する弟。誤魔化す母。怒る父。羞恥に耐えかねて逃げ出す姉。途中、そんな寸劇を交えて見事に歌い切った門出船出。お陰で緊張がやわらいだ。よくやった。

ライブは本当に楽しかった。理屈も超えて、結果として歌えた。この日の為に色んなことを我慢してきた。それが全部報われた。やっぱり、音楽をしっかりやれた時の喜びは計り知れない。今日、ライブができて本当に良かった。

体力が追いつかず、途中で倒れそうになりながら、つんのめったまま終わった。

こんな日のことはずっと覚えていたい。

社長夫妻[21]と楽しく飯を食って、帰宅。今日は良い日。やったぜ。

3月17日

文藝春秋で打ち合わせ。デザイナーの城井文平さんと初対面。良い時間。篠原さん[22]が次の予定を気にしてそわそわしていた。それを見て、世間話を続ける底意地の悪い私。だって、私との打ち合わせじゃない。私だけを見てよ。という気持ちがそうさせました。

余った時間で衣装を買いに。店員、うるさい。なんで話しかけてくるんだ。

衣装合わせ。スタイリストの中兼英朗さんが、シャツをくれた。ありがとうございます。

帰ってから溜まっている仕事をつんつんする[23]。曲、できず。最近、この日記を書くのが面倒になってきた。そろそろ、やめようか。

3月18日

今日は雑誌の取材日。昼過ぎから、Ｓｅｖｅｎｔｅｅｎ、ぴあｃｌｉｐ！、ｓｔｒｅｅｔ　ＪＡＣＫ、音楽と人。

書くとこんなにも呆気ないのに、やるのは大変。だからこそ、ありがたい。

家に帰ってから曲作り。本当にできない。締め切りを過ぎている。本当にできない。申し訳ない。

3月19日

Ｊ－ＷＡＶＥへ。久しぶりだ。久しぶりでうまく話せない。悔しい。掴むのは大変なのに、手放すのは一瞬。大事にしなければ。わかってるのにな、すぐこうなるよ。

スタジオで練習。

家でこの日記のまとめ。作曲。

3月20日

横浜へ。古い会場に、心がかき乱される。会場に染みついた汚れを見ると、変なところに意識を引っ張られる。オブラートに包もうとしたけれど、難しい。ただ、汚い場所が苦手なんだ。

リハーサルと、本番と、音の変化に苦しむ。会場とお客さんの熱量をうまくコントロールできなかったことが悔しい。お客さんはしっかりぶつけて来てくれていただけに、情けない。

今回のセットリストは、良くも悪くも我に返るタイミングが多い。

横浜でライブをする機会はあまりないから、今回やれて良かった。お客さんにはいつも感謝している。客席を見ていると、核心を見たような気になる。気のせいかもしれないけれど、気のせいにならないように頑張ります。

帰りに機材車の中で悪い話し合い。気が重い。ずん。

3月21日

今日も取材日。雑誌4、WEB1。それぞれ撮影やインタビュー。

1曲を広めるために、それだけを見て話をする。これだけ載せてもらえるのはありがたい。

夜、曲作り。仮歌を録ろうと何度もやり直す。疲れ過ぎて歌えない。やればやる程、イライラしてしまうからうまくいかない。それにまたイライラする。

あぁ、人生難しい。こんなに忙しいのに文字量がすくなくて、そんなにやってない感じになるのが嫌だ。でも、書く気力がない。

ちくしょう。あー、「大丈夫、ちゃんと見てるよ」って女子マネージャーに包まれてぇ。

3月22日

朝からフジテレビへ。#ハイ-ポールの収録。あぁ、楽しいね。収録中、WBCの途中経過が気になる。隣に座る総合演出の渡辺資(たすく)さんも気になるようで、結果をチラチラ見ている資さんをチラチラ見ていた。

楽屋で仮眠。起きたら窓の外は夕暮れ。なんだか1人取り残されたようで寂しくなる。

気を取り直して、本社のスタジオへ移動。フジテレビからフジテレビへ。

Ｌｏｖｅ ｍｕｓｉｃの収録。

色んなことに追われていて歌詞が頭に入っていない、ような気がしていた。ツアーでやっているフルサイズとテレビサイズが混ざってしまっている、ような気がした。

リハーサル、なんとか覚えている。大丈夫な気がした。

本番、緊張する。これは大変だ。イントロ来た、Ａメロ。あっ、駄目だ。完全に飛んだ。

急遽、もう一度やらせてもらう。緊張するよ。仕方がないよ。だって、テレビ怖いよ。また叩かれるの嫌だよ。

観覧のお客さんの熱量が高くて、救われた。

そして、優しい番組スタッフの皆さん、ＡＲＩＧＡＴＯ。（不器用な新妻が作っ

た弁当の白米の上の海苔風に感謝)

家に帰って無理やり、コンビニで買った酒とチーズ入りカマボコで、なんだか空々しい飲酒。もっとテレビの収録がんばりたいなぁ、と思いながらカマボコを缶チューハイで流し込む。チーズ入りというところが、なんか腹立つよなぁ。歌詞間違えて迷惑をかけた癖に、チーズ入りを選ぶ自分の図々しさ。そしてその憎めなさ。(甘い)

3月23日

MV撮影。音楽系の専門学校を借りて、朝から演奏シーン。現場が良い雰囲気で、居心地が良かった。音楽系の専門学校に漂う独特の、あの歌い上げた空気感には、いまだに慣れない。

空き時間を使ってスタジオで練習。バンドがこのメンバーになった当初、よく使っていたスタジオの系列店。初めてのアルバム、『踊り場から愛を込めて』[24]を作っていたあの頃に一瞬で引き戻される。あの頃と比べて今がどうだとか、そんなことではなくて、ただ戻る、それだけ。音楽スタジオは凄い。どんなに売れてる大スターも、どんなに苦しい生活をしている冴えないバンドマンも、全部横一列で対等だ。スタジオは全部知ってる、アレには全部バレている。

移動してまたスタジオ。今度はMVの別のシーンを撮影。特別出演の清水ミチコさんの撮影も無事に終了。本当にありがとうございます。あぁ、もう、逆に腹が立ってくる程に感謝しています。

MV、絶対に良い物になる。監督の山口さんをはじめ、スタッフ陣も最高。

3月24日

J－WAVEへ。スカパラ加藤さんと収録。楽しくて、話し過ぎて、時間が押して、ガラスの向こう側が不穏な空気に。

DIGAWELの展示会へ。今回も最高。

スタジオでライブ音源の確認、細かい調整。

家に戻って曲作り、メロディーを予備でいくつか用意しておく。歩いてスタジオへ。寒すぎて落ち込む。楽曲提供のレコーディングに向けて、深夜の練習。いつもとは違うメンバーと刺激的な時間。同時にいつものメンバーのありがたみも感じる。

終わって皆でカップラーメン。

朝方、帰りも当然の様に寒い。春、クソ過ぎる。もっと頑張れ。

3月25日

札幌へ移動。前乗り。新千歳空港のモスバーガーをお持ち帰り。ホテルで極力地味に過ごす。勢いのあるバンドなら、札幌に前乗りしてホテルに女子をお持ち帰りするだろう。おいら、モスバーガーだもんな。

3月26日

昼過ぎに会場へ、みよしのの弁当[25]。音が響かない会場だから覚悟はしていたけれど、リハーサルが長引く。やればやる程、謎は深まる。諦めて本番へ。ずいぶん時間が押してしまって、考える暇もなく、本番。

3本目になって、オープニングアクトの門出船出が慣れてきている。照れを乗りこなし始めている。それでもしっかり躍動していました。

ライブスタート。序盤は慎重に、音の響きに寄りかからないように、丁寧に扱う。

その甲斐あって、音の上に乗っかることができた。そこはギリギリのバランスで、すこし油断すると大きく外れてしまう。だから、逆にその緊張感を利用しようと思った。

それでも、ギターを間違えたり、歌詞を飛ばしたり、余計なミスに引っ張られる。お客さんは真剣に聴いてくれていて、会場の空気もどんどん硬くなっていく。息を飲む音が聞こえることをありがたく思う。そう決めて、楽な道を捨てて行く。しっかり乗っかれているだけに、余計なミスが目立つ。最後まで、しっかり神経を使って、ちゃんと疲れた。何ができて何ができなかったかがはっきりした良いライブ。粘れたことが嬉しい。

ライブ後に、楽屋にあったスーパーファミコンでストリートファイターII。タクさん[26]に負ける。何度やっても勝てない。年を取って、体が頭に追いつかないというのは聞いていたけれど、頭がゲームのキャラクターに追いつかないというのを初めて経験した。なんか悲しい。

打ち上げ。久しぶりに飲んだから、ずいぶん酔った。2軒では足らず、皆で小川君[27]の部屋で。最終的に、社長と大相撲のダイジェストを見て4時頃に解散。

やり過ぎた。

3月27日

カオナシと札幌キャンペーン。テレビのコメント、ラジオの生放送2本、収録3本。こうやって書くと大したことなく感じるのが悔しい。もう書く気力もないんだ。

(この前も書いたけれど)

出してもらえるところがあるのはありがたい。できることなら望まれたい。そして、望まれ続けたい。

新千歳空港で、東京のスタジオと音源のミックスのやりとり。時間がなくて泣きそうになる。

あぁもう、空でも飛んで気分転換してぇな。

飛ぶー、今から飛ぶよー。

地方キャンペーンは初心に返れる。初心に返って、ついでに東京にも帰ってきた。

ちくしょう、札幌より寒いってどういうことだよばかやろう。

3月28日

とあるレコーディング。貴重な経験をした。

途中、取り調べのような打ち合わせ。犯罪者になったようで貴重な経験をした。

夜は、レコーディングをしたメンバーと、久しぶりにすこし飲んだ。

クソテレビ局が。

3月29日

歯医者へ。今日は長時間の治療。

昨日のレコーディングの続き、今日は歌入れ。歌が上手い人を心から尊敬する。

俺は下手だ。

軽く打ち合わせをして帰宅。（軽くってなんだよ。お前ごときが軽く打ち合わせするな。もっと本気でやれ）

文章を、書いても書いても終わらない。

えーんえーん。（延々）

3月30日

ジャケット撮影でお世話になった谷本君の働いている美容院へ。髪を切ってもらってパーマをかけてもらった。なんか良い時間を過ごした。好きな店。

Ｊ－ＷＡＶＥ。言葉がうまくでてこない。噛んだ正輝。

ＭＶの確認。完璧だった。今まで、こんなことはなかった。打ち合わせしたまま、その通りにできていて、感動した。凄い。嬉しい。

3月31日

大阪へ。疲れが取れず、会場に着いても落ち着かない。リハーサルでも苦戦。前回ライブをした時の印象から、ある程度は覚悟していたけれど、思っていた以上に難しい。ギリギリまで粘ることによって大事な余白が埋まってしまう。ライブが始まるまでにどれだけ余白を残しておけるかが大事なのに。音が響かない会場になると途端に歌えなくなる、これをなんとかしたい。

本番、難しい。ステージとの間に膜が張ったようで、悪い方に感覚が冴えていく。

中盤からすこしずつ感覚が摑めてきたものの、それまでに落とした物を引きずってしまう。こうなると駄目だ。それでもお客さんが嬉しそうに見てくれて、それを見てまた考える。ここで何ができるか。最後になって、思い出したかのように畳み掛ける。今更おせーよ、と自分に突っ込みながら。

お客さんに本当に感謝している。ありがとう。

悔しい。

4月1日

大阪から移動。新幹線でひたすら文章を書く。福岡へ。ラーメンを食べて、ホテルにチェックイン。

とにかく文章を書く。

前日の反省も兼ねて、とにかく、おとなしくしていた。

4月2日

起きてから、髪を洗っていないことに気がついた。マネージャーとーるに電話をして、集合時間を遅くしてもらう。こういう時に、マネージャーは、「尾崎が髪を洗うのを忘れていて集合時間が遅れます」とそのまま伝えるのか、それとも、何らかの洒落た内容でサッと包んでくれるのか。どっちなんだろう。後者であれー、と祈るしかない。

会場に着いて、リハーサル。苦戦しながらもなんとか形にする。今日は必ず良いライブをしたい。できなけりゃ死体。(ラッパー風)

本番、お客さんが良い空気を作ってくれて、調子に乗れた。どれだけ調子に乗れるかで決まる。とにかく、乗った。ライブがどんどん進んでいく。叩きつけて行くイメージをしっかり捕まえながら、最後までやり切れた。とにかく、先へ。そうでないと、お客さんは付いてきてくれない。当たり前のことだ。

当たり前のことをやれると嬉しいし、気持ち良い。ライブが始まってその日の空気が流れる前に、そこに乗れるかどうか。それを痛感した日。

とにかく、お客さんの乗りが良かった。助けられた。最高の気分でステージを降りる。

何故か突然福岡に移住して、この日もライブを見に来てくれていたジャンボさんと、カオナシと、3人で軽く飲んでホテルへ。

今日は良いライブだったな。

4月3日

朝から、カオナシと福岡キャンペーン。テレビ、ラジオ、ラジオ、ラジオ、雑誌、雑誌、テレビ、ラジオ、ラジオ。

まるで、権藤、権藤、雨、権藤、だ。

昼飯は、よし田の鯛茶漬け。ついにバレてしまった。メンバーには秘密にしておきたかったのに。

深夜に帰宅。

4月4日

テレビの収録。久しぶりに来た、あの日から4年、色々あった。呼んでもらえて嬉しい、ありがたい。でも、書くほどのことではない。書かない、というせめてもの反抗。これからも、愛しいものだけを書く、そうやって残していこう。

4月5日

ひたすら書く。テレビでヤクルト戦。ＢＳの中継で勝った記憶がない。今日も負けた。

とにかく、時間がない。書く。書く千香子。

4月6日

名古屋へ。弁当を食って、リハーサル。いつもの時間。本番前、ラジオを聴いていたら、ヤクルトが初回から４点取られて絶望的な状況。

そんな中、ステージへ。楽しいライブだった。壊れそうな流れをしっかり引き戻しながら、緊張感を持ってやれた。悔しい部分がそのままアクセントになって、その度に意識が冴えてくる。前に同じ会場でライブをした時もこんな感じだった。お客さんの顔がよく見えたのを思い出す。あの時、好きでいてくれた人はどれ位残っているだろうか。どうでも良いか、そんなことは、と強がったりした。

とにかく、ライブをした。刺さっていますように。後は任せるしかない。しっかりやれたんだから。

ライブ後、同点に追いついている。試合は延長戦へ。これは面白くなって来たぞ、というところであっけなくサヨナラホームランを打たれる。新幹線のホームで、寂しい幕切れ。近くには、ライブ帰りであろう、クリープハイプのタオルを頭に巻いた女性が電話で誰かと話している。こんなに近くに居るのに。おーい、俺だよ、俺ー。


車内で弁当とビール。鼻血が出た。そろそろ危ないぞ。

東京は、雨。

家で缶チューハイを1本飲んで寝た。

4月7日

早朝に目が覚めて、そこから眠れなくなる。家を出る時間が近付いてからようやく眠気が。

マネージャーとーるが押すインターホンの音で起きた。やってしまって、慌てて出発。

MUSICAの連載「東京世界観」の取材。10代の頃、ライブの日にメンバーが来なくて絶望したライブハウス「渋谷ｃｌｕｂ乙（キノト）」へ。あの日、ノルマ分の金だけ払って、対バンに嫌味を言われながらライブハウスを後にした。帰宅ラッシュの歩道橋の上で、そうだこんな時はせめてそれっぽく落ち込まなければ、と項垂（うなだ）れた。次から次へ通り過ぎて行くサラリーマンを避けながら、必死に項垂れていたあの青年を抱きしめてやりたい。

神宮球場へ移動。写真を撮って、売店で傘を買って、立ち食いそばを食って解散。時間がない中でも息抜きになった。鹿野さん、ありがとう。今年のヤクルトのチームスローガン、「目を覚ませ！」。確かに。俺も頑張る。

Ｊ－ＷＡＶＥへ。前半は良かった。後半疲れてしまって息切れ。ちくしょう。

マネージャーとーると、デニーズ。

ヤクルト打線が初登板のルーキーに９回１アウトまでノーヒットノーランに抑えられるという悲劇。バレンティンがヒットを打った瞬間、デニーズでガッツポーズ。ずっと携帯を耳に当てていたオッサンが急にガッツポーズをしたら、怖いよなぁ。

4月8日

神戸へ。リハーサルも絶好調。床が鳴っている。音がブヨブヨしていてやりやすい。

リハーサルから本番まで、良い時間を過ごす。具体的に何が良いのかと聞かれても、うまく答えられない。

本番。とにかく盛り上がった。お客さんの熱が入ってくる。曲に入り過ぎて歌詞が飛ぶ。ライブの進行方向が、縦の線になって見える。MCと曲の間が、完全に見えた。気持ちの良いライブ。この線さえ見えていれば、もう怖いものはない。お客さんとして、自分が見てみたいライブ。

良かった良かった。

終わってから、岡山に移動。ホテルの地下で麻婆豆腐定食。麻婆豆腐と担々麺が、それぞれ単品の量で出てきた。

変な定食だなおい！

ホテルでひたすら文章を書く。

4月9日

会場入り。弁当を食って、リハーサル。あっという間に本番。

本当ならば今日がツアーファイナルだったのに、と言った後のお客さんの反応が嬉しかった。優しげな、それでいてすこし不満そうなあの感じ。良いお客さんを持ったな、と思った。

体調不良で飛ばしてしまった仙台、しっかり頑張ります。

反省点もあるけれど、良いよな。良い。

お客さんとのやりとりが印象に残っている。細かく書く必要がないライブ。良い物が、写真のような状態で残ってる。見せてあげたいくらいに、良い写真だ。

岡山、ありがとう。

打ち上げ、ラーメン、しっかりやり切りました。

4月10日

岡山から帰って来て、雑誌の撮影、インタビュー。家に帰ってから、文章を書く。

書いていた原稿がやり直しになってしまって、悲しすぎて食欲がなくなる。それでも食うんだけど。それが最高に情けない。

書いても書いても、終わらない。

4月11日

昼過ぎから雨の中、神宮球場で撮影。今日は野球も中止。野球が中止になった球場は、飼い主を亡くした野良犬のようだ。

J-WAVEへ。記録にも記憶にも残る収録。良い時間。

移動して、スペシャへ。「スペシャのヨルジュウ」の生放送。方向性も定まってきて、これからどんどん楽しくなりそうだ。生放送の緊張感に定期的にお世話になるのは、良い勉強になる。

スペシャの光岡さん[28]が、いつも気を使って楽屋に居てくれる、それがありがたい。

家で文章を書く。

4月12日

朝から雑誌の企画で、ニューヨーク屋敷裕政さんと登山。やっぱり芸人さんは、話していて心地良い。逗子の大楠山（おおぐすやま）へ。前日の雨でぬかるんだ道を歩くのは大変だった。大人数で登山をするのは楽しい。編集部の方が豚汁を作ってくれたり、おにぎり、卵焼き、ウィンナー。山頂で楽しんでしまって、なんか悔しい。無事に下山。入れ違いで雨。

神宮球場へ。今シーズン初。小川君、みっちゃん[29]、カメラマン関さん[30]と。負けた。勝ち越された瞬間、雨が降ってきた。

なんとか元気を出そうと、外苑前の駅前で、野球選手が盗塁をする時のイメージで走って信号を渡ったら、転んだ。辛い。恥ずかしいから振り返らずに、そのまま目的の蕎麦屋に逃げようとしたら、閉まっていた。振り返ると、3人が何とも言えない顔で歩いてきた。

悲し。

4月13日

朝7時出発。（はえーよ）今日からカオナシと関西キャンペーン。京都、神戸、大阪。ラジオ8本、テレビ1本。凄い。

テレビ番組のロケで、ゴミ処理場へ。貴重な経験。まるで、自分の頭の中を見ているようだった。捨てられた物から出ている、諦めにも似た解放感。ゴミって凄い。

軽く飲んで、ラーメン。

疲れすぎて細かく書けず。

文章、文章、文章を掻く。言葉の川を泳ぐ。

4月14日

テレビ3本、雑誌、WEB、ラジオ4本。貧乏暇なし。

よなよな…では、また喋りすぎた。あのラジオにはなんでも話せる。

レコード会社、ユニバーサルシグマ兄さんの「イト」に対する期待感に嬉しくなる。この曲に賭けてくれている、その気持ちに応えたい。

旬な新人でもないのに、こんなキャンペーンをさせてもらえるのはありがたい。

移籍して良かった。

夜は、皆で軽く打ち上げを。そこに、ライター鈴木淳史さん[31]とガリガリガリクソン[32]という夢の組み合わせ。

4月15日

7時に出発、東京へ。着いてすぐに、J-WAVEで生放送。事務所でフリーペーパーのインタビューを受けて、ここ最近ずっとやっている小説の直し。

これが大変だ。最近の思考の7割は、これで埋まっている。

耳鼻科へ。久しぶりに行けた。やっぱり定期的に行かないとな。

野方へ。BARFOUT!の連載取材で、ヤクルトファンが集まる店へ。短時間だけど楽しかった。山崎さん[33]、ありがとう。

帰って気絶。蕁麻疹(じんましん)が。蕁麻疹って麻婆豆腐みたいで美味しそう。

4月16日

曲作り。

資料を読んで、野球を観て。イライラする展開。結局負け。

夕方、美容院へ。前回かけてすぐに取れてしまったパーマに再挑戦。リベンジポルノならぬ、リベンジパーマ。

どうしても読みきらなければいけない本を読みながらのパーマ。やってくれた美容師の谷本君が、何度も「気にしないで本読んでてください」「全然大丈夫ですよ、読んでてください」「読んでて大丈夫ですからね」と言ってくる。

気になるよ！


今回は、グッリングリンにしてもらいました。ありがとうございます。

帰りは途中まで歩いた。あったかくて、なんか良かった。この、なんか、が大事なんだ。なんかがなんかではなくなったら、つまらない。

夜は、関ジャム。結局、怖くて見れず。とにかく、出してくれてありがとうございます。

番組内で紹介したバンド、フラワーカンパニーズのボーカル圭介さん[34]が、わざわざメールをくれた。あの頃救ってもらった恩返しを、すこしはできただろうか。

提出した文章を褒められる。これは嬉しい。それでもまだ書く。終わらない。曲作り、アンケート、小説のゲラ、コメント、忙しいアピールをしながら蕁麻疹に抱かれて就寝。

4月17日

テレビの収録を2つ。2つは大変だ。でもありがたい。本当に、大変だけど、大事だ。

ライブ制作のVINTAGE ROCK若林さんと、久しぶりにゆっくり飲みながら話した。今後のライブについて、良い形にまとまって良かった。楽しかったな。

4月18日

阿川佐和子さんにインタビューをして頂く。もうとにかく緊張して、うまく喋れず、落ち込んだ。こんな大事な機会に、つくづく自分の語彙力のなさ、底の浅さを痛感した。あぁ、お、おぼれ、ごぼごぼ……る……ごぼっあれっおかしいな。あっ、足が、ついてる。そんな恥ずかしさ。

あぁ、でも事実は残るから、それを大切にしよう。本当に、本当に、貴重な機会をありがとうございました。

その後、雑誌の撮影、インタビュー。

文藝春秋で打ち合わせ。篠原さんがしゃぶしゃぶに連れて行ってくれたよ。（ノーパンではなかったけれど）

美味しかった。

その後、J-WAVEの生放送。

4月19日

#ハイ_ポールの収録。久しぶりで嬉しかった。
ゲストで来た女子プロレスラーのようなグラビアが、怖かった。

夜は、文章を書いたり曲作り。

4月20日

名古屋キャンペーン1日目。まずは、浜松でラジオの生放送、そして名古屋へ。ラジオの生放送。テレビの収録とラジオの収録。

夜は飲み過ぎた。

4月21日

ラジオ8、テレビ2。瀕死で東京へ。ここまで、2行にも満たない。あんなにやったのに、書くとこんなものだ。

家に帰って、作曲。とにかく必死で食らいつく。食らいついても味はしない。ちーん。

4月22日

ラジオの収録。その他、作曲、作詞。

ひたすら、原稿の直し原稿の直し原稿の直し。（淀川長治さんの、さよならさよならさよならのイメージで）

4月23日

あとがき

なんて書いている暇はない。次から次へと1日が押し寄せて、根こそぎ明日へ持って行ってしまう。これにはもう逆らえない。

好きな人を嫌いになったり、服が汚れたり、服を洗ったり、かけたばかりのパーマがとれてきたり、毎日本当に忙しい。誰かに優しくしている暇もないんだ。

読み忘れている本、読み忘れているのも忘れている本、いつだって、買うのは簡単なのに。

それでも、自分の生活を気に入っている。だからきっとこれからも、こうだ。

今日、２０１７年４月23日をあとがきにかえて。

4月24日

夕方、耳鼻科へ。なかなか結果に結びつかず、もどかしい。

移動してレコーディング。歌入れは本当に難しくて、もやもやする。歌うということがこんなにも難しいのは辛い。歌入れの途中、イライラしながらブースを出たら、長椅子の角に膝をぶつけた。それはそれは痛かった。あの痛みだけが、今日唯一、ハッキリしたものだった。

ひゅーいと宇野君と飲み屋。藤井隆（ナンダカンダ）朝までになってしまった。楽しかったから良いか。

帰りは、後部座席でぼんやり窓の外を眺めていた。薄明るい街を切り裂く、知らないおじさんの車。（タクシー）

4月25日

シングル『イト』の店着日。

昼にラジオの生放送。終わってから、事務所で、この連載、『苦汁100%』のゲラに向き合うこと8時間半。なんとか終わった。頭がおかしくなりそうだったけれど、元からおかしいから大丈夫だった。あっぶねー。

急いで出発。ミュ〜コミ+プラスの生放送。前回、体調を崩して飛ばしてしまったお詫びをしようと意気込んでいたのに、それどころか、前回できなかったからと

「尾崎世界観のミュ〜コミ＋プラス」という特別な企画をやってもらった。本当にありがとうございます。

感謝しながら帰宅。

ひとまずやり切った。これで、追われていた原稿をなんとか巻いた。安心して、すこし飲んで寝た。

4月26日

休日。何もせずに終わらせるのはもったいないから、無理やり家を出た。神田連雀亭。講談、落語、落語、落語、最高。

目についた店で何気なく手に取ったTシャツや、石膏を固めたような奇妙なキーケースをレジに持っていってしまうのは、休日の力だ。時間に余裕があるというだけで、すべてが良い物に見える。道端に咲く花に移ろい行く季節を感じたりしてしまう。

ビールとワインを飲みながら、携帯の電池が切れていたので、ふと出てきた言葉を忘れないようにテーブルの端の紙ナプキンにボールペンを押し付ける。（詩人か！）

会計をする為に伝票を摑んでから、あくまで、あっ忘れてたという感じで、メモした紙ナプキンを乱雑にポケットに突っ込んだところが今日のハイライト。あぁ、いかにも創作している人がやりそうな行為だった。

帰ってラジオで野球中継。負けていたから不貞腐れて寝て、起きたら同点に。その後、逆転勝ち。

体に空気が入ってきて、しわが伸びた。久しぶりの感覚。

4月27日

仙台キャンペーン。ｗｉｔｈカオナシ。

ラジオ、ラジオ、牛タン弁当、ＷＥＢ、ラジオ、ラジオ、ラジオ、ＷＥＢ、中華料理。

日帰り。

おかえり。

ただいま。

本を読んで、寝た。

4月28日

Ｊ－ＷＡＶＥへ。入江さんと『たそがれたかこ』[35]の打ち合わせ。うまくいくと良いけれど、もしうまくいかなかったとしても、Ｊ－ＷＡＶＥで入江さんと打ち合わせをしたという事実が嬉しい。

『たそがれたかこ』は、Ｊ－ＷＡＶＥで前にやっていた番組ＴＨＥ　ＫＩＮＧＳ　ＰＬＡＣＥ[36]を参考にしてもらった作品なので、感慨深かった。

その後、収録を終えてお台場へ。

バンドメンバーとａｉｋｏのライブ。お客さんの熱量が凄いし、当然のように、それが注がれる先に立っている人は圧倒的だった。ライブのやり方においては、無意識のうちにかなり影響を受けているな。

昔から、ａｉｋｏのライブを見ていると、自分のライブのＭＣを思いつく。良い言葉が、ポロっとこぼれる。

不思議だ。

4月29日

NHKへ。NAOMIの部屋の収録。腹が減ったけれど、ヘアメイクまで時間がないし、食堂に行くのも面倒臭い。悩んだ末に楽屋まで持って来てもらった。美味しいカレー、最高だった。こんなに美味しいカレーに、1つ疑問点が。カレーは、ラップがかけてあるわけでもなく、剝き出しの状態だった。このカレーは、食堂からどんなルートをたどって、この楽屋に来たのだろう。

聞けば、5階から1階まで下りてきたと言う。

5階から1階って、結構だな。しかも、剝き出しで。おい、途中、エレベーターで誰かにひと口下さいって言われてあげたりしてないだろうな。

でも、美味しかったから良い。

収録は楽しくやれました。やったよ、おじさん泣いちゃう。

スタジオでレコーディング。ギターとコーラスを入れて、曲が固まった。

今回は、ヤクルトスワローズの曲ということで、特別に、ヤクルト戦の野球中継を流しながらのレコーディング。普段は絶対にできない贅沢な経験。途中、ライアン小川がピンチを三振で切り抜けた場面、思わず出た叫び声に、ギタリスト小川君のギターが止まる。彼も食い入るように画面を見つめている。ダメヤン小川。

　もちろん録り直し。

　これは、良い物ができるぞ。

4月30日

　大阪へ。ＲＯＣＫ ＫＩＤＳ ８０２の公開収録、大勢のお客さん。「クリップハイプ」という、番組名とバンド名が入ったクリップを作ってもらった。こういうのに、おじさん弱いんだよなぁ。おじさん、泣いちゃう。ねえ、ティッシュある？
　無事に終えて、とんぼ返り。（薄っぺらのボストンバッグを持って、ピーピーピーピー言いながら）
　ＫＡＤＯＫＡＷＡへ。編集の村井さんと打ち合わせ。次の展開へ突入か。セカンドシーズンか。
　夜は、久しぶりに田中浩康さん[37]に会った。ベイスターズに行っても、変わらずにずっと応援しています。

濃い日ー。（ドイヒーの発音で）

5月1日

昼から耳鼻科。

そして、フジテレビへ。#ハイー ポール。安らぎのひととき。

終わってから、六本木のスタジオでゲネプロ。短時間で詰め込んだせいか、不安が募る。まだまだ足りない。

休む間もなく、池尻大橋へ。スタジオからスタジオ。今度は、レコーディングした音源のミックス作業。

曲がどんどん良くなる。「ちょっと、もうやめなよぉ、それ以上やったら死んじゃうよぉ」と、横から口を挟むヤンキーの女子（漫画やドラマによく出てくる）のような気持ちで、作業を見守った。良くなり過ぎて困った。あぁ、ブレイクしちゃったらどうしよう。ブレイクした時の照れ方、今から練習しておかないと。

5月2日

昼から、渋谷のスタジオでマスタリング。凄く良い。

スタジオでゲネプロ。本番前で焦っているせいか、うまく歌えない。納得がいかず、つい歌い過ぎてしまう。声が嗄(か)れてきて、更にうまく歌えない。こうなるともうダメだ。やり切れない気持ちで終了。

松岡さん[38]に来てもらって、マッサージと鍼(はり)。事務所の社長室で横になって、野球中継を聴きながら、至福の時間。明日、頑張りますから、勘弁してくださいよ。これくらい、許してくださいよ。

帰りに弁当を買って、部屋で食った。カツ丼。プリン？　もちろん食ったよ。当たり前だろう。恥ずかしいから本当は書きたくないけどな。

5月3日

さいたまスーパーアリーナでVIVA LA ROCK。ここに向けて準備をしていた。「イト」という曲がどうなっているか、それを確認する場所として、ずっと意識していた。

フェスで、久しぶりに手応えのあるライブ。フェスでは、どれだけ勘違いできるかだと思う。これ以上書く必要のない、最高の体験。また音楽に指先で触れた。ような気がした。

調子に乗って飲みすぎて、気がついたら家の近所のラーメン屋に居た。

VIVA LA ROCKというフェスには思い入れがある。移籍騒動の時に誰も信じられなくなって、鹿野さんと行き違いになってしまった時に、それを繋ぎ止めてくれたフェスでもある。

今年は、空気も景色も、何もかもが変わっていて驚いた。

置いて行かれないように、追い抜いてしまわないように、これからも一緒に行きたい。

5月4日

起きたら二日酔い。デイゲームの野球中継、ABCラジオを聴いているんだから阪神寄りの中継になるのは当たり前だ。それにしても、辛い試合展開。途中で消して、尾崎世界観の日に向けた練習。本を読んでから外へ。

定食を食って、コンビニで買い物をして家に戻る。

布団カバーを替えた。今日はなんと言ってもこれに尽きる。よくできました。布団カバーを無事替えた日は……なんか……

踊りたくなる！

５月５日

千葉へ。ＪＡＰＡＮ ＪＡＭ。本番は日焼け止めを塗りたくってステージへ。気持ちの良い景色を見ながら、課題も見つかった。もっと良くなるはずだ。「イト」の間奏で前に出て調子に乗っていたら、戻れなくて、すこし歌いそびれてしまった。

それでも、だいぶ、あの軽薄な空気の上に立っていることに自信を持てるようになった。前までは風が吹くだけで揺らいでいたけれど、その風も、だいぶ気持ちよく受け止められるようになった。

悪い時は、風が吹くだけで気持ちがブレる。野外の、気持ち良さそうに見えるあの風を、鬱陶しく思う瞬間がある。

とにかく、今年もまた立てて嬉しい。ありがとうございます。

軽く飲んで、帰りは渋滞。スポナビライブで野球中継。最悪の試合。東京に着いた頃には泥のような状態。フェスを終えて、帰りに野球の試合を気にすると、いつもこんな状態になる。なんでだ！

風呂場で服を脱いで、砂が床に落ちる音を聞くと、さっきまで立っていたステージを思い出して誇らしくなる。

まだ始まったばかりだ。

5月6日

昼にJ－WAVE。GWのJ－WAVEは毎年、なんか良い。周りに居る人も、なんか良い。

局内には、元番組ディレクターがいっぱい居るから、賑やかで楽しい。こんな時は、両親が離婚して、離れて暮らす父親に会うような気分だ。

楽しく収録を終えて、空き時間に野球中継。５点差、今日こそはという展開。エラー、エラー、際どい四球からの満塁ホームランどーん。そのまま試合がぽーん。もういい。

耳鼻科で、今日も地道に積み重ねる。早く治れよこの野郎。病気に逃げるのは、格好悪いよ。

家で、明日のライブに向けて練習。久しぶりにこんなに真面目に練習をした。歌番組のオンエアがあったようで、相変わらずの書かれよう。お客様は神様か。信じてもいないし、そもそもお前、客じゃないだろう。強いて言うなら、逆だ。

もっと上手くなりたい。悔しくてたまらない。

5月7日

上野恩賜公園水上音楽堂で、尾崎世界観の日。今回も、良く晴れた。リハーサルから本番までのゆったりした時間は去年と変わらず、楽しい。

１番目のガリガリガリクソン、昔から尖った活動に親近感を持っていて、今回一緒にやれて嬉しかった。汗かいても良い匂いするし、字も綺麗だし、そういう意外な一面も良い。笑いってやっぱり良い。聞いていて幸せな気分になる。

2番目、浪曲師の玉川太福さん。ライブハウスで活動し始めた頃、ライブ中に浪曲のCDを流していた、尖り切ったあの混迷期の自分にも見せてやりたかった。太福さんの太い声が野外の景色に吸い込まれていくのが確かに見えた。

3番目、あたし。あまりにも楽しくて飲みすぎてしまって、リハーサルで作った音の感覚が崩れてしまった。そして、迫る尿意。たまらず、ゲストで呼んでいたカオナシを早めに投入、その間にトイレへ。戻ってからはだいぶ落ち着いた。

「大丈夫」という曲の歌詞が飛んで、大丈夫じゃなくなってしまった。途中、ガリさんがステージまで、iPhone の画面に表示した歌詞を見せにきてくれた。

それでもまた、歌詞が飛ぶ。いよいよ焦る。すると、今度は太福さんがステージまで歌詞を見せにきてくれた。

なごやかに進んで、アンコール。どうしても「大丈夫」をしっかり歌い切って終えたいと、最後にまた歌った。

そこでもまた、歌詞が飛んだ。もう泣きたくなった。これは本当に恥ずかしい。

さすがに、会場の空気もおかしくなってきた。そこへ、太福さんの横で三味線を弾いていた曲師の玉川みね子師匠が、歌詞を見せにきてくれた。場内、今日一番の爆笑。ガリガリガリクソンの頭の回転とセンス、恐るべし。救われた。

共演者、お客さんに助けられて終わった。反省しきりのライブだったけれど、やっぱり楽しかった。フェスとは真逆の、お客さんに寄りかかって、リクライニングシートみたいになる日も、たまにはね。許して欲しい。

出演者、来てくれていたバンドメンバー、事務所、レーベル、皆集まって、打ち上げは盛大に。ウコンの向こう側まで、二日酔いも超えて、飲みあげた。

5月8日

夕方から新潮社、小説誌ｙｏｍ ｙｏｍで連載中の「犬も食わない」の打ち合わせ。小説家の千早茜さん、編集三重野さん、編集長西村さんと食べたり飲んだりしながら、次の連載のテーマを決めた。雑談が6割の理想的な打ち合わせ。さぁ、ここで問題です。毎回しっかり打ち合わせをして決めているのに締め切りを守れないのは、何故でしょうか？

知らねーよ。

場所が神楽坂だったので、思い立って加藤製本[39]の飯塚さんに連絡をしたら会社の近くで飲んでいるというので、行った。懐かしい人達に会えて良かった。5月24日発売の『苦汁100%』の製本も、加藤製本に頼んである。時々、もしバンドをやめてあのまま仕事を続けていたらどうなっていただろうと考える。こうやって会社の人達に会うというのは、あのまま仕事を続けていた、もう1人の自分に会うことでもあるのかもしれない。きっと、バンドをやめて仕事を続けているもう1つの人生も、それはそれで幸せなんだと思う。だって、今日のあの空間は楽しかったから。だからこそ、心置きなく今の人生を頑張りたい。

TOKYO FMへ移動して、SCHOOL OF LOCK!の生放送。2時間あっという間だった。これで新曲「イト」のプロモーションも終了。

やるだけやったし、やるだけやってもらった。あぁ、悔しい。時代に刺すことの難しさ。

悔しくて震える。

でもこっちの方が、会いたくて震えるよりも、性に合ってる。

5月9日

スタジオで練習。間隔が空いたせいで、なかなかうまく進まない。何度かやって掴めてきたところで時間切れ。

小川君と神宮球場へ。立石のもつ焼き屋〝宇ち多〟のともいちろうさんにバックネット裏1列目のチケットをもらってから、ずっと楽しみにしていたこの日。渡したい物があると言ってやって来たみっちゃんが、直にビニール袋に入ったワカサギの佃煮と割り箸を置いて帰って行った。

後ろの席には悪魔が。スーツを着た、上司と部下のペア。上司は、広島ファン。部下は野球に興味のない様子。1球投げるたびに、大声で球種を伝える上司。全ての球に「うわっ、速っ」と驚く部下。「いや、今のカーブやで」と得意げな上司。「近いなぁ〜、迫力が違いますね」と部下。「そやろー、あんなん打席立ったら小便ちびるで〜」と嬉しそうな上司。

これも野球だ。上司の気持ち良いところに、部下が打ちごろの質問を投げる。それを、上司はフルスイングで打ち返す。接待野球だ。

知っている上司が知らない部下に野球を教えているという構図が、実は真逆なのかもしれない。上司に教えさせている。サスペンス。

まぁ、そんなことはどうでもいい。とにかく邪魔でうるさい。息詰まる投げ合いの末、大松選手のサヨナラホームラン。広島ファンに囲まれていたけれど、ひとしきり喜んで気がつけば、全員帰っていた。勢いで、小川君とハイタッチしてしまった。恥ずかしい。勢いでヤッてしまった女子大生の気持ちで、飲み屋へ。勝った日の帰り道はどんなに混んでいても、苦にならない。

みっちゃんが相変わらず元気だった。

5月10日

耳鼻科。移動してスタジオ。ライブのセットリストを通した。帰ってから本を読んだり飯を食ったりしているうちに、具合が悪くなってきて落ち込む。悪寒。早めの入浴、早めの就寝。就寝蔵。

薬も大量にぶちこんだ。朝方目が覚めたときには、汗をかいてだいぶよくなっていた。

　あっぷねー。次飛ばしたら、もう終わりだ。

5月11日

　仙台へ。3月12日の振替公演。牛タン弁当を食って、本番。

しばらく空いていたからどうなるか心配していたけれど、その分新鮮な気持ちでやれた。待っていてくれたお客さんには、謝りながら感謝した。泣きながら笑うみたいな、忙しい状態で、会場全体をしっかり握れている感触があった。

　3月12日という、意味のある大事な日にライブを飛ばしてしまって、ようやくこの日を迎えた。

　余計な力が入らずに、必要なところに向けてやれた。そもそも、一度こぼしてしまった日だから、過ごせるだけで丸儲けだ。もうステージに立てただけで、勝っているようなものだ。

　しっかりやった。それはそれは、楽しくて、意味のある時間だった。

　まるで、思いがけずに年末調整で返って来たいくらかのように、1日で2日分を過ごした忘れられない日。本当にありがとうございます。

打ち上げは相変わらずやり過ぎた。やめておけば良いのに、ホテルで雪見だいふく。

なんで食ったんだ。あぁ、帰りがけに社長が、コンビニで買って渡してくれたんだった。

なんで渡してくれたんだよ、太るよ。

うまかったよ。

5月12日

激烈な二日酔いと共に、東京へ帰ってきた。J-WAVEへ。相変わらず悪ノリが過ぎて、いつか怒られるだろう。でも楽しいからやってしまえ。引くな。行け。

下北沢。BARFOUT!の連載で編集長山崎さんと野球の話。SSKのデザインコンテストで最優秀作品に選ばれたBARFOUTSのユニフォームをもらった。コンテストの賞品として作ってもらったというこのユニフォーム、凄く格好良い。

山崎さんは、「知り合いに出してみろと言われたから」と言っていて、まるで

「お姉ちゃんが勝手に応募しちゃって」という、アイドルがオーディションを受けたきっかけみたいだと思った。

夜、なんか良くない酒だ。嫌いな人が多いのは仕方がない。悪口が出るのは、呼吸と一緒、吸ったら吐く。でも良くない。また、世界中で自分はひとりぼっち、みたいな寒い感情がムクムクと膨れている。自己顕示欲が勃起している。

帰りは行けるところまで歩いて、コンビニでアイスクリームを買って、知らないおじさんに送ってもらった。（金銭のやり取りあり）

5月13日

朝方、リビングで起床。またやってしまった。寒い。あぁ、ＯＬがするオフィスの冷房対策のように、サンリオのキャラクターがプリントされたブランケットを肩からかけて欲しい。

急いで風呂に入ってベッドへ、でも眠れない。

気が付いたら14時半。野球が始まってるじゃないか、とラジオ中継をポン。リードの終盤、逆転ＨＲでポーン。呆然。

作曲。読書。ラジオを聴いた。

又吉さんの『劇場』を読んだ。昔傷つけた人に謝りたくなった。これ以上は書かない。

あぁ、あの時、あの人はどんな気持ちで新潟のライブを見に来てくれたんだろう。

(書いてるじゃねーか)

5月14日

起きてラジオ中継、逆転サヨナラ満塁ホームランで勝利。

ひゅーいと新大久保へ。舞台を観て、韓国料理屋へ行った。歌舞伎町の裏通りの怪しいバーは怖かった。バーテンの女性は、紫色の歯茎を剝き出しにして笑っていた。その笑顔が、今もまぶたの裏に焼きついている。

細かく書くのが面倒な程に色々と目についた。ドアを開けて、トレインスポッティングに出てくるようなトイレで用を足した。裏通りのこんな場所にも、人が肩を寄せ合って酒を飲む瞬間があるのか。そうやって飲んだ酒も、トレインスポッティングのトイレにブチまけるのか。

宇野君が合流して、ドブのようにくだらない話をしていたらあっという間に時間が玄白。（過ぎた）
最近食欲が凄い。腹が膨らんで苦しい。

5月15日

文藝春秋へ。ついに『苦汁１００％』の見本が届いた。良い。手で触れてみると嬉しい。本が持っている、折れたり破れたりする危うい可能性が、でき上がった作品に対する愛情をより一層掻き立てる。そういう意味では、ＣＤの時よりも、初めて見た瞬間の感動は大きい。

サインを３００冊。色紙を書いたり、タオルにサインをしたり、とにかく書いた。途中、文藝春秋社長の松井さんに来て頂いて、初めて話をすることができた。素敵な風呂敷を頂きました。ありがとうございます。嬉しかった。いつか大ブレイクする私を、週刊文春から守ってください。

それぞれ店舗ごとにご当地感を出そうと変に媚びたせいで、時間内に終わらずにすこし残して移動。

歯医者へ。柴山先生、今日も攻めた治療。ギュンギュン削っていてキュンキュンした。
帰宅。夜は煮え切らず。
なんかなぁ。

5月16日

ロッキング・オン・ジャパンのインタビューと撮影。個人的には良いタイミングで整理ができた。インタビューに答えているうちに、自然と方向が見えてくる。だって音楽を作るとき、実際にはそんなに細かいことを考えてはいないから。雑誌のインタビューで答えるようなことを考えながら曲を作っていたら、理想には着かない。意識と無意識の中間に手を突っ込んで、すこしでも良さそうな物を下心で引っ張り上げる。

いくつかのインタビューに答えているうちに、ようやく作った曲を理解する。特に雑誌のインタビューは、他のインタビューと比べて早めの時期にやることが多いから、信頼できるライターさんには救われる。彼らは、よく教えてくれる。話していて、あぁ、こうやって作ったんだなと腑に落ちる瞬間が何度もある。どっちがインタビューしてるのかわからなくなる瞬間は大切だ。

　お花茶屋へ。実家へ帰ったのは正月以来。Ｊ－ＷＡＶＥの番組ＳＰＡＲＫ内で散々お花茶屋をいじり倒しているせいか、駅に降りた途端、強烈な気まずさに襲われた。

　犬のまる子が可愛かった。甥っ子が可愛かった。夜はひたすら文章を書いた。朝方、起きてきた母・由美子[40]の朝飯を食って寝た。

　朝飯を食って寝たって変だな。ケツを拭いてからウンコするみたいなものか。

5月17日

まる子を撫でに行ったら、顔同士がぶつかってしまい、改めて、目が見えていないことを知った。いつまでも居て欲しいけれど、時間はすぐに行ってしまうから。珍しく、撫でていても大人しくしていて、なんだかサービスされているようで申し訳なく思う。また早く会いに来たい。それにしても、まる子は24時間営業で可愛い。

　裏の自転車置き場から出て、マンションを見上げると、全体的に暗くてあちこちに汚れも目立つ。小学生の頃初めてここに来た日は、凶暴な怪物のように見えたのに、いつの間にかこんなに小さくなってしまった。

かつしかＦＭへ。Ｊ－ＷＡＶＥ　ＳＰＡＲＫの収録も兼ねて、局長の佐々木さんの番組にＳＰＡＲＫ番組ディレクターべーやんと一緒にゲスト出演。地元のかつしかＦＭで話をするのは不思議な感覚だった。

その後、フジテレビの下川さんが合流して立石で飲酒。もつ焼き、おでん、寿司、串揚げ。

その後べーやんと別れて、下川さんと東京ドームへ。勢いで来てしまったけれど、まぁ、ドームだし、試合は酷いものだろう。急に思い立って来て勝ち試合が見れる程甘くはない。と思っていたら、圧勝した。由規が凄い球を投げていた。なんだよこれ。

スナックアーバンへ。初体験。その後何軒か行ったけれど、もう覚えていない。どれもいい店だった気がする。

飲み過ぎた。最近遊び過ぎだ。自分が怖い。

5月18日

篠原さんと待ち合わせて加藤製本へ。バラバラの『苦汁１００％』が機械の中で出来上がっていくまでを見ていたら、目がまわって気持ち悪くなった。そう言えば、二日酔いだったんだ。加藤製本のあの匂いが好きだ。一般的にあれは、匂いと言うより臭いになるんだろうけど、好きだから、あれは匂いだ。

会いたい人達にも会えた。皆、飲んでるときは陽気でも、働いている時は寡黙で、照れてすぐに言葉を切ってしまう。あの感じが格好良い。機械の音がうるさくて聞こえねぇよ、言葉なんて要らねえ、出来上がった本が答えだ、といったあの感じが粋だ。

吉祥寺へ。ＢＯＯＫＳルーエに挨拶をしに行った。花本さん[41]が熱烈な歓迎をしてくれて、本当に嬉しかった。あんな風に敬意を表して迎えてもらえるということが、そのままプレッシャーにもなる。まだまだ頑張ろうと思ったし、やっぱり本屋が好きだ。

両国へ。清水ミチコさん、マネージャーのタナカさん、ボイストレーナーの石ケ森さんと大相撲。今回も楽しかった。途中、社長夫妻にお土産を買おうと売店に行ったら、店員の女性の会計が遅くて、急いで戻った途端に玉鷲の取組が始まった。もっとゆっくり落ち着いて見たかったのに。でも本当は、ちゃっかり自分用に玉鷲のマグネットを買ったせいだとわかっている。目当ての力士のマグネットを買ったせいで実際の取組がゆっくり見れないなんて、自分で自分を上手投げしたい。（有森さん相撲）

帰り際に石ケ森さんが「社長にあげて」、とパンフレットを買って渡してくれた。ごっつぁんです。

ちゃんこ屋へ。色んな話ができて嬉しかった。清水ミチコさんは、話が面白いのは勿論のこと、とても気持ちよく話を聞いてくれる。もっと良く、もっと面白く話したいと思わず欲が出る。

マネージャーのタナカさんは同い年だし、言葉のキレが良くて心地いい。

帰りに事務所に寄ってお土産を渡したら、社長に飲みに誘われたけれど、肩すかしをして、帰宅。

5月19日

BOOKSTAND．TVの収録。メインの（水道橋）博士と原カントくん、お2人に挟まれて、あっという間に時間が過ぎました。『苦汁100％』が本になったこのタイミングで出れて嬉しかった。

その後、スージー鈴木さんと対談。インタビュアーは原カントくん。ずっと話してみたかったスージーさんと野球の話。大のロッテファン、スージーさんの話を聞いていると、共感し過ぎて、痛快ウキウキ通りならぬ共感アルアル通りを行ったり来たりした。深いところまで潜って帰って来れなくなりそうなギリギリで、原さんの絶妙な質問が飛んできて我に返る。時間を忘れてとにかく話した。

終わってから我慢できず、はしごで担々麵。マネージャーとーるも巻き添えに。

事務所でメンバーとラジオの収録をして打ち合わせ。久しぶりに会うと不思議な感覚だ。カオナシが登山のお土産に山のバッジをくれた。それぞれ種類が違うらしく、袋にメンバーの名前が書いてあって、それを読み上げながら渡していく様子が良かった。じじい達、相変わらずでした。タクさんは地蔵のように穏やかで、思わずお供え物をしそうになりました。
テレビで野球を見ながらの打ち合わせ。色々決まったし、ヤクルトも勝ったし、親も年だし、あなたしかいないし…ねえ。（大黒摩季ら・ら・ら）
帰りは歩いた。金曜の夜、どこの飲み屋も楽しそうな人達で溢れていて、寂しく通り過ぎた。

5月20日

文章を書こうとしてもなかなか進まない。
スカパラ加藤さん、スガシカオさんと飲酒。一軒に長く居座る男らしい宴。好きな物より、嫌いな物が一緒の方が盛り上がる。
楽しい夜でした。帰りは、酔いに任せて歩いた。

5月21日

J-WAVEへ。神宮へ。（西へ東へのイメージで）
最近、なんか雰囲気が違う。まるで優勝した2015年のあの感じだ。そう思っていたら、敬遠を暴投して負けた。全然あの感じじゃなかった。最後の最後にチャンスを作って、あと一歩届かず。帰り際、前の席で大声を張り上げていた若者2人組に声をかけられた。クリープハイプを聴いてくれているみたいだ。試合中、選手の登場曲を喉がはち切れんばかりに絶唱していて、その姿に好感を持っていたから、嬉しかった。

帰り道、声が嗄れていることに気がつく。「大松」って、面識のない男性の名前をあんなに連呼したのは初めてかもしれない。

小川君もだいぶ落ち込んでいて、飲みに行きたいと言うみっちゃんを説得して、まっすぐ帰宅。

今日の負けは辛い。

帰ってからも文章が書けず、気がつけば寝ていた。

5月22日

文章を書く、書いても書いても終わらない。

夜、飯を食って映画を観た。あまりにもつまらなくて、こんな思いを絶対にさせてはいけない、と勉強になった。そう思わないとやってられない。時間を使って、金を払って、こんな思いをすることもあるんだ。

日本橋は、歩いている誰もが自分とは関わりがなさそうで、落ち着く。そんな街が、自分にとっての良い街なんだろう。

つまらない映画に腹を立てていられるなんて、幸せだ。余裕がある証拠。

5月23日

スタジオで練習。バンドで久しぶりに音を出すと、新鮮で良い。楽しい、と思う瞬間は貴重だ。普段から感じている、苦しいの奥の、カラメルソースのような「楽しい」。それとは違う、純粋な楽しい。この感じをライブで出せたらどれだけ良いか。

途中、大量の鼻血が噴き出した。最近遊びまわっていて、たいして仕事もしていないのになぜだ。仕事のし過ぎで鼻血が出るという構図を崩さないで欲しい。これで周りから心配してもらえなくなったらどうしてくれるんだ。

浅草公会堂でスタイリストの伊賀大介さんと待ち合わせて、立川談春[42]「廓噺(くるわばなし)の会」へ。高校の入学式、卒業式以来の浅草公会堂は立派な建物で、ここで廓噺と思うと顔がニヤけてしまう。

相変わらずの素晴らしさで、感動するということに安心感がある。何のためらいもなく、全身を感動に投げ出せる。帰り道、廓噺の尾を引かないさっぱりとした後味を肴に、伊賀さんと飲酒。

いつも注文してから出てくるまでが遅いこの店も、心なしかテンポが良い。粋な夜。

5月24日

『苦汁100%』の発売日。朝から書店まわりで川崎、南船橋、丸の内、御茶ノ水へ。

自分の本が置いてある喜びよりも、他の本が大きく展開されている悔しさが前へ。さぁ、最終コーナーを曲がった。喜びがリード、このまま逃げ切るかぁ。あーっ、悔しさが追い上げる。みるみる差が縮まった。ゴール直前、悔しさが喜びを抜いたぁ。そのままゴールイン。

そんな感じです。

それでも本を出せるということ、本を置いてもらえるということ、本を読んでもらえるということ。その喜びを噛み締める。そして、それをまた書いて、叩きつける。

これで逆転勝ち。

夜はニューヨークの屋敷さん、演出の佐藤さん[43]と。初めてゆっくり話せて、良い時間だった。自分の言葉が相手に染みていったり、相手の言葉が自分に染みていったり、それがただ嬉しい。

5月25日

早朝、ＴＯＫＹＯ ＦＭクロノスに生出演。朝の番組のピリッとした雰囲気が、まだ呆けている頭に気持ちよかった。8時に帰宅。

そのまま読書、落語を聴いて、テレビで野球。

ＢＳの胡散臭いＣＭのような1日。

「おーいっ！　どうしたぁー？」

「いっやぁーはぁっ、ちょっと昨日飲みすぎてぇーっへぇーっ」

「そんなときはこれー！　しじみ習慣、今なら1週間分無料！」

そんな1日。（どんなだよ！）

5月26日

今日も朝から書店まわり。池袋、大宮、吉祥寺、渋谷。やってもやってもキリがない。でも、キリがないということが嬉しい。文春の営業担当大森さん、宣伝担当高橋さんに気持ちを繋いでもらいながら、まわり遂げる。自分の本がどうなっているのかを見るのは辛い。

「ねぇ、よし子〜。吉田君がこの前の告白の返事を今日してくれることになってるんだけど、私怖くて聞けないよ〜。ねぇよし子、代わりに聞いてきて〜。あのタンポポの丘で、吉田君の返事を聞いてきてよ〜」

毎回こんな心境だ。やっぱり、フラれるのは辛いよ。そこに置いていなかった時の絶望感よ。ねぇ吉田君……。（誰？）

特に終盤、吉祥寺、渋谷では攻めの書店まわり。

こんなに味方が居てくれるのか、と嬉しくなる瞬間が確かにあった。昼飯を食う時に、高橋さんがビールを飲ませてくれた。マジ感謝。

5月27日

起きて、迷った挙句にラジオ中継をつけた。勝っている。それにしてもCBCラジオの中継はあからさまな態度で、相手チームのファンのことは一切考えていない。こんな不快な思いをしてまで試合を追うのは何故か、勝利の為だ。案の定、終盤に不穏な空気が。怪我で突然の降板、その後、肩を作りきれていない投手が追いつかれる、気がつけばあっという間に逆転。もういい。本当にやめた。禁煙ならぬ、禁プロ野球。今度こそ、必ずやる。

耳鼻科へ。また振り出しに戻った気がする。家で鍋、暑くなってきた時期の鍋は良いな。ちなみに、生まれて初めて見た芸能人は、なべやかんさんです。

本を読んで文章を書いて、もやもやしながら寝た。

5月28日

J-WAVE。何を話すか、何を話したいか、何が話せるのかをもっと詰めておかないと。頑張れ、おざりん。（昔のバイト先でギャルが付けてくれたあだ名）

歯医者へ。柴山先生、今日もギリギリまで攻めた男前な治療。

母・由美子と由美子の妹・さっちゃん（高知から遊びに来た）と新丸ビルで待ち合わせ。人ごみの中、同じフォルムの2人はやけに目立つ。双子なんです。

予約していた店が別のビルだと気が付いて、目的地まで歩く。何回か電話して聞いたけれど、どれも同じようなビルで全くわからない。また電話をしたら、店員のおばさんもウンザリしたのか、鼻で笑う音が聞こえた。

予約した飲食店にもたどり着けない情けない自分、たとえそんな馬鹿だとしても鼻で笑うおばさん、両方に腹が立った。結局、その店には行かずに別の焼き鳥屋へ。

色んな話をした。

「祐介、初体験はいつなが？」という質問に素直に「17歳」と答えてしまった。

さっちゃん、お母ちゃんの前でそりゃないぜー。

帰りに、さっちゃんに「これで帰りにお土産でも買って」と格好つけようとATMに行ったら、日曜日でおろせなかった。なんて情けないんだろう。やりきれなくて、道端に唾を吐いてみたりして、その滑稽さと言ったら。
母・由美子にも、もうすこし優しくしてやれば良かった、と後悔した。相手を楽しませる為に、その場に居る別の誰かを悲しませていたら意味がない。いや、悲しませた訳ではないけれど、なんか良くなかったんだ。うまくまとまらないな。誰かを下げて笑いを取る芸人よりも、自分を下げて笑いを取る芸人が好きなのに、それができなかった、ということだろうか。

5月29日

作者取材の為お休みします。

5月30日

#ハイ_ポールの収録、今日は遅めの時間帯。湾岸スタジオの外が暗くなっていくのは独特の物悲しさがあって好きだ。
文章を書いたり、本を読んだり、やることをやって過ごす。
やりかけの仕事も食べかけの弁当も、揉めたままの相手も、全部放り投げてしまうのはこんな穏やかな日に限る。

幸せと衝動は紙一重だから、馬鹿なフリをしてなんとかやり過ごす。とにかく今日も幸せな時間。ゲストで来ていた越智ゆらのさんが、楽屋に『苦汁100%』を持ってサインを求めてくれた。妹の分も合わせて2冊分、嬉しかった。

六本木へ。スペシャのヨルジュウの生放送に出演。今回はレギュラーコーナーの「レディースクリニック」に加えて、ゲストコーナーにもクリープハイプとして出演させてもらった。

苦手な共演者。いくつかあるうちで一番許せなかったのが、これがないと生きていけないという程人生に欠かせない物を紹介する趣旨の企画で、紹介したスナック菓子を投げつけられたこと。ゲストに対する敬意がないのなら、出演する資格はない。ましてや、アシスタントという立場だ。メインの司会の方は誠実な対応をしてくれていたし、それだけにアシスタントが際立った。こんな物消えてしまえと思う程の憎たらしい物を紹介する企画なら、まだわからなくもない。（いや、わからねーけど）ただ、自分が目立ちたいという幼稚な悪ふざけで投げられるスナック菓子が不憫で、悔しくて仕方がなくなって、本番中に開けて食った。周りの皆にも勧めて食ってもらった。本番中に物を食うなんて、舐めてると思われても仕方がないけれど、カメラの前で悪ふざけで投げつけられたのは紛れもなく食べ物だ。投げるものでなくて食うものだ。だから食った。相変わらず好きな味で、美味かった。

こんなことで大好きなスペシャの番組を嫌いになりたくない。

自分も気をつけよう。こんな思いを人にさせるなら死んだほうがマシだし、こんな思いを人にさせてまで生きていたくない。（言い過ぎ〜）

朝方、窓の外、見知らぬオッサンの「あぁっ」というくしゃみ。見知らぬオッサンのくしゃみって、なんでこんなに怒りを掻き立てるんだろう。あぁっ。

5月31日

J－WAVEで収録。吉岡里帆さん凄かった。こうやって名前を書くのも気がひける。凄い人間って居るんだな。

曙橋でゲネプロ、声が嗄れる。曲順も決まらず。あぁ、この感じ懐かしいな。どんどん悩んで、悪い部分は本番前に出し切れば良い。ここ最近、あまりにも辛くてプロ野球から逃げていたけれど、BARFOUT!編集長山崎さんから、「石川ナイスピッチング、上田スリーベース」という連絡が入る。居ても立っても居られずに、結果を追う。久しぶりの野球中継は、延長の末サヨナラ負け。山崎さんから「石川がけなげなピッチングをしていたから前のめってしまった……」と連絡が入る。山崎さんの優しさ、牽制アウト。でも、ありがたい。

やらなければいけないことが進まない。最近、夜は本ばかり読んで、文ばかり書いている。

6月1日

今日もゲネプロ、曙橋。声が嗄れてしわくちゃだ、それでも練習。セットリストも決まって、ひたすら失敗を重ねる。19時、今日は自主的にプロ野球速報、勝っている。由規が頑張っている。これ、なんか知ってるぞ。片付けを終えて、機材車の中で野球中継。由規、崩れ始める。押し出し押し出しでドーン。またー。

KANA-BOON鮪君[44]と待ち合わせ。ガソリンスタンドの前のガードレールに腰かけた姿はまるで少年のようだった。おじさん、羨ましいよ。彼にも色々あったから、色々聞いた。

2軒目で、時折落ち着きのない瞬間を見せる鮪。後で聞くと、後ろのカップルが激し目のキスをしていたらしい。なんだよそれ、見たい。そして、見た。当然相手はそれに気付く。キスしなくなる。キス見れない。なんだよ、キス、しろよ。見たいよ。

「会って2回目じゃん」「えぇ、セックス〜」という単語が漏れ聞こえる。これ、もうノーアウト満塁じゃないですか。絶対行けるじゃん。男が会計に向かった後、女子はトイレへ。会計の最中、もうニヤけてしまっている男。女子はトイレを出て外へ。それを知らず、会計を終えた男は、トイレの前で女子を待っている。いくら待っても出てこない女子へ電話をかける男。出ない。女子はもう先に外に出ている、と教えてあげようかと気を揉む観覧者2名。（一応バンドマン）

その時男が見せた表情は、とんでもなく絶望的な、ギリギリで獲物を取り逃がした悲しみの果てだった。

そして、外からひょっこりと現れる女子。「なぁーんだ、そっちかぁ」という男の幸せそうな顔よ。

はい、おめでとう。

帰り道、2人のキスがどんな感じだったかを細かく聞いてごめんな。鮪さん、また飲みましょう。

6月2日

集英社で週刊プレイボーイの取材。インタビューも撮影も楽しくて、編集部の秋山さんが大のヤクルトファンだと知って話が盛り上がる。離れていたのに、またこうなる。

そして、有名なヤクルトファンであり、ノンフィクション作家の長谷川晶一さんから預かっていた手紙を受けとった。なんだよ、こんな出会いがあると離れられないじゃないか。嬉しい、そりゃ嬉しいけど。

耳鼻科に行って、急いで駅へ。電車の中でカバンが開いていることに気がついた。カバンから飛び出たプレイボーイ。言ってよー。それか、そっと閉めてよー。東京の人は冷たいな。そうこうしてる間に神宮球場もプレイボール。そして新幹線の中で逆転負けを知る。「今日この後、神宮行くんです」と言った秋山さんの嬉しそうな笑顔が新幹線の窓に……映らないよ、映ったら怖いよ。

金沢に着いて、駅からタクシー乗り場の列に並んでいる時、何人かに声をかけてもらった。サインや握手をしたりして、嬉しくなる。しばらくして、すこし離れた

ところから女子高生の集団が、

「えっ、へっ、うっそ、ちょっと……えー。ねぇ、えっ？　えっー。ちょっと……あっ、えっ、へー。ねぇ……まって」

と言っている。かなりの声量なので列の前後の人達が、不思議そうな顔でこっちを見ている。

「えっ、へっ、うっそ、ちょっと……えー。ねぇ、えっ？　えっー。ちょっと……あっ、えっ、へー。ねぇ……まって」

止むことのない声。次第に周りの目も、有名人？　というものから、犯罪者？　というものへ変わってくる。そりゃそうだ、だってクリープハイプなんて知らないだろうから。それはまずい。だって犯罪者ではないんだから。なんとか彼女達の「えっ、へっ、うっそ、ちょっと……えー。ねぇ、えっ？　えっー。ちょっと……あっ、えっ、へー。ねぇ……まって」を止めなければ。そうだ、それならすぐにでも、サインや握手をさせてくれ。もういっそのこと、こっちからお願いしようか。頼む、頼むから。サインが面倒なら、握手だけでもさせてくれないか？

結局中途半端なタイミングでサインと握手を求めてもらって、カオナシ、タクさんの2人だけで終わってしまった。これはどっちにとっても消化不良。次こそは必ず、させてください。

はだけた浴衣に落ち着かず、ホテルでは眠れず。

6月3日

百万石音楽祭。昼過ぎに会場へ。各出演者の楽屋が集まったエリアの中央、テーブルを囲んでくつろぎながら色んなバンドに声を掛けている、フェス主のようなバンドを見ながら「その割には一番でかいステージじゃないんだな」と思う死ぬほど性格の悪い自分が怖い。ライブは行き切れずに終わってしまって、捕まえる前にステージを降りた。言い訳がいっぱいあるのが情けない。せめて、言い訳もないくらいの状態までは行きたかった。

北陸新幹線のシートの、優しいふわふわした素材の枕のようなアレが辛かった。こんな俺の後頭部から首にかけてに、優しくしないでよ。過剰な優しさは暴力だ。

東京に着いてから、アタシ社ミネさん、ライター神田さん、美容師谷本君と。隣のテーブルの、明らかに合コンだろうという男女4人組を見ているだけで、幸せな気持ちになる。男子2人はずいぶん前に着いていて、遅れて来た女子2人は着いて早々にウコンの力を飲んでいて、どっちもやる気だ。

　食い過ぎた。満腹で帰宅。もっと良いライブしたいよ。

6月4日

　J－WAVEで収録を終えて横浜へ。紀伊國屋書店横浜店に「世界観文庫」を見に行った。「世界観文庫」とは、真っ黒いカバーにあのミミズの字で紹介文を書いて、中身は知らせずに買ってもらうというもの。売れてるらしい。自分の本を差し置いて、複雑な気持ちになる程に結果が出た。ゴーン！（結果が出た音）
「世界観文庫」は、紀伊國屋書店横浜店の川俣めぐみさんと、三省堂書店神保町本店の新井見枝香さんが企画をしてくれた。「作る人」は作品を作り終えたら「売る人」と「買う人」に任せなければいけない。いやいや、そんなんだから売れねぇんだよ。作っただけで満足してないで、ちゃんと売るところまで努力をしろよ。そんな意見もあると思うし、そんな考えを持っている時期もあったよ、でも「売る人」を信じなければいけないと思っている。そうやって任せている間にまた1つでも多く次の作品を作れるし、何より「売る人」はやり方を熟知している。そんな意見もあると思う。

今まで、しっかりした「売る人」に出会えていなかった。そこまで届けることができていなかったんだ、ということに最近気がついた。

今回の世界観文庫でも、川俣さん、新井さんという「売る人」が「買う人」に刺す角度が鋭かった。これからはいかに「売る人」に任せていけるかが大事だと思う。作った後に手放すタイミング、そしてそれを誰に手放すか。そこだけ間違わなければ、これからも安心して、どんどん作っていける。

6月5日

昨日に引き続き、「世界観文庫」を見に三省堂書店神保町本店へ。売り場は賑わっていて、他の出版社の人が様子を見に来ている場面に遭遇して嬉しくなった。ガラガラになった棚が誇らしい。ガラガラになって嬉しいなんて、ライブとは真逆だ。こうやって、好きな本屋、居場所になる本屋が増える。

ついつい新井さんと話し込んでしまい、ゲネプロに遅刻した。セミプロだ。

やればやる程に迷う。今のうちに、迷ってハズしておく。本番までに余計な物を捨てる作業、それはそれで辛いけれど、割り切ってハズれの目を捨てて行く。本番でうまくいけば、もうなんでも良いんだから。

6月6日

起きたら嬉しい知らせ。具体的になんかは書かないけれど、こんな気持ちになる為に苦労しているのかもしれない。でも、大事な生贄(いけにえ)ポイントを使ってしまった。またここから苦労して、苦労を貯めて、貯まったらすぐに引き換えないと。今ここに具体的に書いておかないと、すぐに忘れてしまうだろう。後で読み返しても思い出せないだろう。でも、それでいい。幸せは一瞬です。ゴールは次のスタートです。

具合が悪く、極力じっと、じとーっとして過ごした。読書、作詞、飯を食って、薬を飲んだ。かじりついていた野球中継は、ボテボテの当たりが人工芝のライン際で止まってしまいサヨナラ負け。試合開始からの2時間半以上が、一瞬で水の泡になった。

でも、久しぶりにゆっくり過ごせて良かった。

明日から不安だ。

6月7日

起きてから憂鬱な気持ちでどんよりしている。強い相手と戦うのが怖いのは、誰だってそうだろう。それでも行かなければならない。

だから会場入り。今日からZepp TokyoでUNISON SQUARE GARDENとの2日間のライブ。リハーサルの間も生きた心地がしない。

本番、宿題を忘れた小学生みたいな気持ちでステージへ。それでも上がってしまえばやってしまう。完全なアウェーでも、始まってしまえば関係なくやれた。死んで当たり前という開き直りがあって、納得のいくやり方でできた。それ程興味を持たれていないところに刺していくのが極端に苦手だけど、やれた。

それも、相手がユニゾンだから入ったスイッチだと思う。勉強になった。

ユニゾンのライブでの熱気、湿気、靄（もや）。震えながら、明日は必ず死守しなければと強く思った。これだけのバンドに、大事なお客を取られるのは嫌だ。さっさと帰って明日に備える。

6月8日

会場入り。リハーサルから落ち着かない。ユニゾン兄さんが始まる。セットリストを全部変えて、今日は「シュガーソングとビターステップ」をやると言う。あんなヒット曲、ミサイルみたいなもんだろう。打ち込まないで〜、大事なお客さんに、危ないから。とにかくライブに説得力があるし、正解なんてなかったとしても、正解を見た気分になる。

いよいよ本番、弱い犬ほどよく吠える。冒頭から煽(あお)りに煽って、それに答えてくれるお客さん。ユニゾンのライブで火がついたんだろう。それは、こっちもあっちも一緒だ。負けるわけにはいかないというバンド側と、負けさせるわけにはいかないというお客側。それがぶつかって、凄いうねりになった。

他者が入ってきて、初めてわかることがある。

今まで当たり前にやっていたことが特別になるし、今まで特別だったことが当たり前になる。これからに向けて、風通しが良くなった。バンドとお客の関係性にユニゾンが穴を開けてくれて、換気ができた。あんなに盛り上がるんだな。

打ち上げも楽しくて、田淵君[45]と朝まで話した。朝まで生田淵。

6月9日

二日酔いと手を繋いでJ－WAVEへ。収録をしてから、ラジオのブースでレコーディングをした。特殊なレコーディングに苦戦しながらも、最後には納得できる物が録れた。そうやってピントをゆっくり合わせて行く時の、焦りと情けなさがなんとも言えない。もっと思い切って合わせていた頃もあったのに。正解を見てしまうと、そこに合わせようと変な欲が出るからだろう。正解を知らなければもっと自由にやれるけれど、正解を知らなければそこに向かう理由がない。続けることの難しさ、虚しさ。

引き続きJ－WAVE、GOLD RUSHの生放送で『苦汁100％』の話をさせてもらった。いつもありがとうございます。

夜は居酒屋で飯を食って、カラオケで歌の練習。忙しいんだから、毎日毎日、何をしたか細かく書いていられるかよ。そう思ってみても、もうすでに、だいぶ細かく書いてしまっていて恥ずかしい。

書く、書くよ、明日からも。

6月10日

ヤクルトスワローズ10連敗。どんよりとした気持ちで、事務所へ。テレビ番組の打ち合わせ。これは絶対に良い、なぜならスタッフさんが誠実だから。これは来た。家に帰って、風呂に入る前にリビングで寝てしまう。起きて、また寝てしまう。体が痛い。当たり前だ、だって床は硬いからね。

風呂に入って、ラジオを聴きながら寝た。

いや、実際は寝ていない、今これを書いてるんだから。寝てない、起きてるんだよ。

なんだよこのクソみたいな日記は。

6月11日

朝早く東京を出て朝早く大阪に着いた。「朝」から「朝」の中で体だけが遠くまで来て、東京に忘れ物をしてきたような感じ。腑抜けが大阪の街を歩く。スタンダードブックストアに行って、社長の中川さんと話をしている間に、だんだんピントが合ってくる。東京から遅れて合流したそれは何だ？　気持ち、のようなものか。ジュンク堂書店難波店、旭屋書店なんばＣＩＴＹ店、紀伊國屋書店梅田本店、なかでも、旭屋書店の立体的なポップが嬉しかった。もらった気持ちはしっかり返したい。旭屋書店旭屋書店旭屋書店、ありがとう。

ＦＭ８０２[46]に生出演。新曲「イト」をずっと大切にしてもらっている。信頼できるラジオ局に愛される曲を作り続けたい。ランキングの上位は慣れなくて、なんだか居心地が悪いけれど、やっぱり誇らしい。

タワーレコード難波店で『苦汁１００％』のイベント。トークがうまく行かずに落ち込むなか、本にサインをする時に、お客さんが「まだ勝ってますよ」と野球の途中経過を教えてくれる。おかげさまで連敗脱出。

タワーレコード難波店は、クリープハイプ関連の商品展開が激しすぎて、もう博物館のような状態になっている。入場料を取っても良いレベルだ。だからこそ、今回ここでイベントをやれて良かった。

来てくれた人が自分を目の前にした時の「何を言って良いのかわからなくなっ

た」という言葉とか、その言葉の震えとか、言葉にならない言葉は愛しいな。

皆で飲んで、たこ焼きを食って帰った。篠原さん、髙橋さん、大森さん、文春から来てくれた3人が遠足を楽しむような雰囲気を出してくれて、穏やかな気持ちで東京に帰った。変な気遣いがない、という気遣い。人のそういうところに敏感に気づいてしまって、普段から疲れてしまうから、本当に助かる。

こうやって音楽以外のことに向き合うと、音楽が見えてくる。でも、もう気がついている。文章を書くことにも本気になってしまった、もう後戻りはできない。鎮痛剤のように、文章を書いて音楽をやることの痛みを紛らわせていたけれど、完全に効き目が切れた。

さぁ、ここからが始まりだ。そして何よりも音楽が大事だ。そんなの当たり前だ、だからガタガタ言うな。電車かよ！

6月12日

フジテレビで#ハイ_ポールの収録。楽しく終えて、もうこんな時間。

寄藤文平さんの事務所、文平銀座へ。久しぶりの文平銀座は、相変わらず居心地が良い。ヘラヘラしていたら時間が流しそうめんのように過ぎて、文平さんと焼き鳥屋へ。色んな話をした。自分の気持ちをぶつけたら、それが気持ちの良い強さで、ど真ん中に返ってくる。そうやって何度か投げたり取ったりしているうちに、考えがまとまったり散ったりして、結果的に頭に筋肉が付く。

文平さんと別れて、賑やかな夜を歩いている最中、箸に引っかかったほんのすこしのそうめんを大事にしようと思った。くり返し大事なことを忘れてしまうけれど、せめて残った物だけは大事にしたい。なんか良かった、という空気感だけでも、それだけでも良いから大事にしたい。会話の中で確かに何度も、これだ、と思う瞬間があったんだ。今日も大事な時間だった。

6月13日

昼から、文藝春秋でｃａｋｅｓのインタビュー。話していて、すこしずつエンジンがかかって、また自分を知れた。聞いてもらうことは教えてもらうことだから、本当にありがたい。

ＴＢＳラジオの打ち合わせ。話していたら盛り上がってしまって、余計なことまで喋りすぎた。爪痕残したい。

終わってから高橋さん大森さんと雑談。遠足の感想を話すような気持ちで、11日の大阪を振り返った。

大森さんがくれた文藝春秋のブックカバーが黒いシンプルな物で、ちょうど良くて、けっ、ブックカバーなんて、と思っていた自分を引き出しの奥にしまった。（いやいや、そこは、〜と思っていた自分にブックカバーをかけた、の方が良いんじゃないか？）

松岡さんに鍼を刺してもらう。痛かった。でも嫌な緊張が取れて、まるで魔法だ。今度から、鍼ーポッターって呼ぼう。ラーメン食って帰宅。

今日も惨敗のヤクルトですが、博士から「神宮でヤクルト戦が観たい」という連絡が。この絶望的な状態でどう好きになってもらうか、腕の見せどころだ。（ほーれ、ほれ。このタトゥーも良い感じでしょ？　ないけど）

6月14日

大阪へ。会場に着いてから、飯を食ってリハーサルをしている間、ずっと気になっていた。会場前にＫＡＮＡ－ＢＯＯＮの入り待ちの人達が居たのに、なぜクリープハイプには居なかったんだ。クリープハイプの主催イベントだろう、ちっくしょう。そんな気持ちをよそに、時間は流れる。ＫＡＮＡ－ＢＯＯＮのメンバーはリハ前、本番前、本番後、何度も挨拶に来てくれる。こっちが呼んで、出てもらっているのに、悪いなぁ。っていうか来過ぎだよ。服屋の店員かよ！

真っ直ぐに勢いのあるライブをしてくれて嬉しかった。フロアが塊になって揺れていて、悔しくなった。彼らは本気で、真面目にやっているから、当たり前だろう。余りにも真っ直ぐで、見ているだけで気分が良くなる。

その後にステージに上がったら、いつもと様子が違って、とんでもなく盛り上がる。お客さんまで真っ直ぐになっている。おい、お前たち普段あんだけひねくれてるのにどうしたんだ、と思ったけれど、盛り上がっていると嬉しいし、そのまま楽しくライブをやった。ステージからフロアまでが真っ直ぐで新鮮だった。本来は当たり前のことなんだろうけど、クリープハイプのライブでは、ステージからフロアまでが腸のような形になっているから。入り組んでひねくれている。

大阪であそこまで盛り上がったのは初めてで、柄にもなく舞い上がってしまった。

言いたいこともしっかり言えて、楽屋に自信を持って帰った。嬉し過ぎる。

アンコールでは鮪君と「陽」をカラオケで歌った。スナックに来たおっさんの設定。

ライブ後にＦＭ８０２に生出演。

もうすっかり、家のような場所になった。でも、いつ帰れなくなってもおかしくない緊張感がある。駄目になったらちゃんと切り捨ててくれる優しさがある。厳しさは優しさだ。だから、自信のある今だけは、安心して家だと思うことにする。

6月15日

名古屋へ。前日のライブ後、喉を使い切った感覚があったけれど、治っていた。これでもう、今日は拾った日だと思って、思い切って行こうと思えた。当たり前だけど、リハーサルを終えたら楽屋に峯田さんが居た。

そうだ、銀杏ＢＯＹＺとのツーマンライブだ。２階席で銀杏のリハーサルを見ているだけで、泣きそうになる。

ステージ袖から見た、「二十九、三十」のカバーは、峯田和伸が、俺が作った歌を歌ってるぞ、本当に良い曲だ、と思った。

銀杏ＢＯＹＺのライブは解体工事だ。あった物をなぎ倒して更地にしてしまう。本番、荒れ果てた更地に立つ。なかなか盛り上がらない、お客さんが起きてこない。当たり前だ、銀杏ＢＯＹＺを呼ぶということはそういうことだ。根気強く、投げ出さずに丁寧にやった。徐々に反応が返ってくる。それでも焦らずに、信用し過ぎずにこっちのペースで進める。後半は完全にこっちの物。このパターンのライブができたのは大きい。今後の武器になるはずだ。

アンコールで、「『二十九、三十』をカバーしてもらったからといって、お歳暮のように『援助交際』のカバーをやるのは嫌だ」、というＭＣから、メンバーのカウントで「援助交際」。始まった途端、今までが馬鹿らしくなる程の盛り上がり。途中、更に盛り上がって、なんかあったのかとステージ横を見たら、峯田さんが居た。援助交際を援助してもらった。打ち合わせはなし、曲自体やるかどうかも直前で決めたから、全部が奇跡みたいな時間だった。幸せな時間。その後にやった「ラブホテル」も大騒動。

援助交際とかラブホテルとか、どんなライブだ。

バンドやってて良かった。

打ち上げも当然楽しくて、飲みすぎてホテルで気絶。

6月16日

東京へ。怪我をしてしまった母・由美子のお見舞い。もう、とんでもなく落ち込む。何もしてやれないのが申し訳ない。大阪、名古屋と良いライブができたのは、母・由美子から生贄ポイントをもらったからじゃないのか。

なんだか、たまらなく落ち込んで、嬉しいとか楽しいとか、そんな気持ちを持ってることが恥ずかしくなった。もっと親孝行しないと。

下北沢へ。ＢＡＲＦＯＵＴ！の連載「ツバメダイアリー」用の対談。話は尽きない。

又吉さんに久しぶりに会った。楽しく酔って、誰にも言っていないことを打ち明けてしまった、中2の女子みたいな夜。気がつけばリビングで朝を迎えて、背中の痛みで目が覚めた。

6月17日

J-WAVEで、ユニゾン田淵君との収録。話が止まらない。田淵君がラジオであそこまで話すのは珍しいだろう、と誇らしい気持ちになった。引き出してるなぁ俺。ATMって呼んでくれ。

長い距離を歩いて、なんとなく入った服屋でTシャツを買った。なんとなく入った服屋でTシャツを買うなんて、余裕のある人間がすることだ。その先の弁当屋で買ったゴムみたいなカツ丼を食った。これは余裕のない人間がすることだ。でも、こっちの方がやっぱり落ち着く。

6月18日

神宮へ。今日はレフト側で、隠れキリシタンのように静かに応援。先制点を取られた辺りから、心配していた雨が落ちてきた。そして、ビールの売り子が立ち止まる度にバッターボックスが消える。ビール売りを観るには最高の席だけど、野球を観るには最低の席だった。隣には小さな、でも芯のある声で応援を続ける青年。前には、大声で応援をする旦那の三歩後ろくらいで静かにメガホンを揺らす奥さん、日ハムファンは品があって良い。相手の痛みを知ったような応援で、常勝チームのファンとは思えない振る舞いに好感が持てる。と思えるのもリードを奪われるまで、空模様と同じく、試合の雲行きも怪しくなってきた。雨で試合が中断する頃には、もう一方的な展開に。

再開後も苦しい展開は続く。9回裏、一筋の望みをつなぐ怒濤の追い上げも虚しく、敗戦。

傘をさしたみっちゃんの横には、カッパからはみ出たちんけな膝小僧をびしょびしょにして虚空を見つめる小川君。(ちんけな膝小僧って失礼な。大体何をもって人様の膝小僧に優劣をつけるんだ。あぁ、じゃあもう良いや、ちんこにする。ちんこな膝小僧。なんか今思えば、形もちんこみたいだったし。はい、ちんこな膝小僧で)

球場出口で、長谷川晶一さんと待ち合わせて、飲みに。味がなくなるまで負けを噛みしめる。負けだって噛み応えはある。じんわり染み出したしょっぱさが、酒にはちょうど良いんだ、そう思わせてもらえる時間だった。みっちゃんも長谷川さんと話せて嬉しそうだった。

家に帰って、すこし寝て、ラーメンでも食いに行こうと外に出たら、財布を忘れていることに気が付いて引き返した。財布を持ってＡＴＭに行ったら日曜日でカードが使えない。

残念。

6月19日

歯医者に行ってから母・由美子のお見舞い。前回よりも元気そうで安心したし、本当に良かった。早くいつも通り悪態をつきたい。

駅から病院へ向かう途中に買った差し入れ、その中のチョコレートのほとんどを、病院に着くまでに食ってしまった。途中から弟[47]も来て、せまいベッドの周りに寄ってたかって、看護師さんには弱った病人を恐喝しているチンピラに見えたかもしれないな。ちんぴらごぼう。

弟と実家へ。母・由美子が入院してから、まる子が餌を食べなくなったと聞いて心配していたけれど、思ったより元気そうで良かった。そう思いたかっただけかもしれないけれど、まだまだまる子を撫でていたいんだ。

弟と、弟の奥さんと、甥っ子と飯を食いに行って、胃もたれ。おじさん、もう焼肉は辛いよ。帰ってまる子の横で寝てしまった。今度は、帰ってきた父・勝（48）と飯を食いに行って、終電で帰った。

やれることはやった、はず。

6月20日

テレビの収録。脇汗をかきながら、一所懸命にしぼり出す。お前、そんな人間じゃないだろう、とバレるのが怖いけれど、カメラの前では必死だった。

周りは、いつもテレビで見ている人だらけだ。当たり前だろう、テレビなんだから。ちゃんとやれただろうか、呼んでくれたフジテレビの福山さんに応えることができただろうか。気持ちが嬉しかったから、自分の中のなんかを殺してでも、応えたかった。貴重な経験でした。

夜にもう1つ、こっちはお馴染みのやつ。スペシャ最高。慣れてしまわないように、と改めてありがたみを感じた。いつまでもあると思うな、レギュラー番組と髪の毛。

6月21日

大雨。歩いている人の傘が時々ひっくりかえって、居た堪れない気持ちになる。風にもっていかれそうになった時に、ちょっと折りたたんで、風が弱まるのを待てば良いのに。そうやって敏感に気配を感じて、ちゃんと対処すれば良いのに。自分が人を信頼する基準において、強風で傘がひっくりかえりそうになった時にしっかり対処できるかどうかはかなり大事だ。あれ、人間関係においての気配りにも通ずるよな。

吉祥寺のBOOKSルーエへ。「尾崎世界観が西東京に居た頃の10冊」という選書フェアを見に行った。さえない20代前半に復讐するような、ありがたい売り場。図書館で借りた大量の本をぶちこんで、その重みでグラグラ揺れる自転車を漕いでいた夏。立ち読みばかりしていて、居場所がなかったはずの本屋に、あの頃読んだ本ばかりが並んだ売り場があるなんて。それがそのまま、今の居場所だ。32歳になった今でも、相変わらずグラグラ揺れているけれど。

ルーエの花本さんとカレー屋へ。本の話とカレーとビール。（部屋とYシャツと私のイメージで）愛あるフリーペーパーを作ってもらって、それが嬉しいからここは出します、と格好付けたのに、レジで金が足りない。微妙な額を花本さんに払ってもらう最悪の展開。その後書店まわりへ。

紀伊國屋書店西武渋谷店のポップが嬉しかった。SHIBUYA TSUTAYAの1階のCD売り場を通り過ぎる時のあの罪悪感。わかってるよ、音楽だろ。そんなことは知ってるよ。ちゃんとやってるよ。

夕方、ニッポン放送ショウアップナイターの生放送に電話インタビューで出演。憧れの番組に出られて嬉しい。

6月22日

まる子の様子を見に実家へ。改めて自分が育った東東京は、暗い。良く言えば、イギリスのイメージ。常に薄い膜が張っているようで、あの空気が自分の作る物に大きな影響を与えているんだ、と改めて思った。人と人の繋がりが独特なんだ。相手の奥のカラメルソースの部分を見る癖がついたのは、あの辺で育ったからなんだろう。

家ですこし昼寝をして、三軒茶屋へ。チェルフィッチュの舞台は初めて。予想通り、神田さんは遅刻。人混みの中、「ごめんー」と言いながら現れた神田さん。もう遅刻してこないと逆に腹が立つ位に、当たり前に遅刻をする神田さん。

舞台、良かったな。うまく言えないけれど、うまく言えたら駄目なんだろう。そんな体験。舞台の冒頭で、役者さんに「皆さん、今から私が目を開けてくださいと言うまでの間、目を閉じていてください」と言われても、ずっと目を開けていた底意地の悪い自分。なんか、もっと見極めてやろうとする、そんな浅はかな自分が恥ずかしい。そんな奴になんか見えるはずがないじゃないか。

「色んな音が聞こえてくる」という、舞台の鍵になる印象的な台詞の後に聞こえるのは、神田さんが鳴らす、チラシが入ったビニール袋の「バリッパリッ」という音。しかも、終盤、何故かそのビニール袋をカバンにしまう神田さん。何故、今になって。遅いよ。手遅れだよ。

帰りに飯を食って解散。家で曲作りをしたけれどできない。文章も書けず。でも、まぁいいか、そんな日。

6月23日

VVmagazineの取材。インタビューも、深く掘り下げてくれるから楽しい。どれも変わった角度からの質問ばかりで、その角度が嬉しい。撮影もすぐに終わって、なんだか気持ちよかった。

J-WAVEへ。1人でやるのは久しぶりで、懐かしい感じ。なかなか良い形でやれたぞ。

終わって、六本木で伊賀さんと撮影。カメラを構える伊賀さん、男前だな。サッと終えて、打ち上げに雪崩れ込む。カウンターにiPhoneを置いて、1球速報を見ながら、試合展開を肴に最高の飲み方。巨人は負けてしまったけれど、ヤクルトはサヨナラ勝ち。伊賀さんとの初めてのハイタッチは上田のタイムリースリーベースで。

軽くと言いながら結局遅くまで、楽しさには勝てない。そもそも、勝つつもりもないんだ。

6月24日

寝たり起きたりを繰り返して、飯を食いに外に出るのも面倒臭くて、ガストの宅配に世話になりました。

1日をドブに捨てたと絶望しかけたところで、曲作りがすこしだけ進んだ。もう曲が良いかどうかよりも、1日を無駄にしたくないという気持ちが強いんだろうな。とにかく、これを作ったから生きた意味があった、と言い聞かせるような曲。言い訳だな。曲を作ることなんて生きてることへの言い訳だ!

はぁ?

6月25日

早朝、眠れずに出発。今日はプレミアムシートを取ってもらっていたので、早めに着いて空港のラウンジで過ごした。やっぱり落ち着かない、全てのサービスに真剣に向き合ってしまう。サービスにサービスしてしまうんだ。サービスなんていうのは、受け流してこそサービスなのに。根っからの貧乏性が情けない。

手荷物検査場で、「おはようございます」と男性に声をかけられて、なんかの関係者かと思って振り返ったら「娘がファンなんです」と言ってもらった。ありがたい。嬉しい。ありがたいけれど、その後、真後ろに並ぶのはやめてー。トレイに載せた糞みたいなポケットの中身を、見ないでー。

機内で、楽しみにしていた豪華なお弁当とワイン。寝不足でほとんど飲めず、気持ち悪くなった。となりのマネージャーとーるは、気持ちよさそうに、終始プレミアムに対して目をつむっていた。あぁ、勿体ない。もっと貪欲にプレミアムに向き合えば良いのに。寝ないでー。

福岡に着いて、CROSS FMで生放送。DJ、コウズマユウタとの軽妙なトークはかけがえのない物だ。

イベント会場へ。HMV&BOOKS HAKATAは、店員さんも丁寧だし、本の展開も愛情があって嬉しくなった。そして何より、来てくれたお客さん。小田和正も「あらぁ、負けたぁ」と悔しがるほどの、「言葉にできない」言葉をありがとうございます。「なんて言って良いかわかりません」、というあの言葉と震えで伝わる。本当に行って良かった。

途中、RKB毎日放送チャートバスターズR!のディレクター廣瀬さん、FM FUKUOKAのDJちんさんが列に並んでくれていて、驚いた。ありがたくて恥ずかしくなった。もっと頑張らないとな。

すこし書店まわりをして、空港で打ち上げ。

これで『苦汁100%』のプロモーションも一段落。また文春のこのメンバーでこうやって会うには本を書くしかないのか。面倒くせー、大変だ、需要もないだろう。

でも、やろう。やるよ。

帰りの飛行機に乗る時、酔っていて、プレミアムシートのゆったりした隙間を縫って通路を移動したら、座っているおっさんに「ここは通路じゃねぇ」と怒られた。CAが「すみません、この馬鹿が」と言った調子で代わりに謝ってくれている。けっ、あれだけ広々とスペースがあれば通りたくもなるだろうよ。余裕のない奴め。どうせコツコツ貯めたポイントを還元してやっとの思いでプレミアムシートに座って、限界までプレミアムシートにむしゃぶりつこうと必死なんだろう。このプレミアム舐めダルマめ！

俺もだった。

6月26日

ＴＢＳラジオで生放送。お昼の番組はお昼の番組で、お昼の張り詰め方がある。とても、いや、とっても、良い経験になった。

歯医者へ、そして事務所へ。久しぶりにメンバーに会った。10日以上空くのは結成以来初めてかもしれない、と言っても、もう眼球に染み付いてるから懐かしさは微塵もない。モバイルサイトのラジオ番組、オジトーーク！の収録、と言っても、iPhoneのボイスメモで録音するだけだから緊張感は微塵もない。

後半、思うところがあって、ずいぶんと熱く語ってしまった。音声を確認したら、タクさんが江ノ島土産に買ってきた神奈川県を模(かたど)ったキーホルダーのビニールを何度も触ってしまっていて、その耳障りな音が頻繁に入っている。無意識にキーホルダーのビニールを触っているのに気が付かない程に夢中になって話していたのかと思うと、余計に恥ずかしい。

そのままメンバーで宴会、社長が合流してからいつもの流れ。なんの生産性もないゲボ飲み。

オエー。

6月27日

1日、本を読んで、曲を作って。時間があればその分ゆっくりしてしまう。これは病気だ。尻に火がつかないと行動できないのは何故だろう。

それでも、立った、立ったぁ、立ったぞ。曲に目処(めど)が立った、という気持ちでなんとか1日を終えることができた。

この余裕のある時期に、すこしでも多くの曲を作っておきたいのに。

例えば、良し悪しがあらかじめ決められた物。内職で封筒の糊付けをしたり、工場のベルトコンベアで流れてくるパンを点検したり、そういった、誰かに決められた目的地があることなら気楽にやれるんだよな。それに比べて、自分で作品を作ることのキリのなさ。自分で終わらせなければいけないから、作品を完成させるということは、作品を殺すことでもあるんじゃないか。ここまでだ、という自分の感覚への見切りをつける作業が必要で、それがあってやっと作品として成立する。そうして初めて、自分が押したストップボタンが正しかったのかを世の中に問いかけることになる。

だってほんとに、キリがないんだよ。

6月28日

#ハイ_ポールの収録。iPhoneから送信、のように、当たり前に楽しい。

下川さん、資さんと打ち上げ。そこでマッスル坂井さんと初めてゆっくり話せた。頭の良い人と話していると嬉しくなるし、意義のある時間は過ぎるのが早い。資さんは面白い店をいっぱい知っているな。

楽しい夜でした。

6月29日

あぁ、酸っぱい1日。

6月30日

昼から雑誌CREAの撮影。編集部、カメラマン、ヘアメイク、ライター、「全員悪人」とは程遠い、逆アウトレイジ状態で、全員最高だった。BOOKSルーエでの撮影は心地よかった。喫茶店でのインタビューは太く濃く、しっかり話せた。頭で考えて、言葉にして出すまでの間にできる隙間、そこが好きだ。その隙間で暮らしたいくらいだ。(意味わからないですよね。でもそう思うんです。世界観出し過ぎてすみません)

補聴器の店に、イヤモニ(ライブ中に耳に付けるプロっぽいアレ)の型を取りに行った。長く使っているとガバガバになってくるんです。あっ、そういう意味ではないです。(照)

7月1日

母・由美子の見舞いでお花茶屋へ。本を読みながら電車を乗り継いで、東東京を目指す。お花茶屋駅で降りてから実家までの道のりは、エロ本を買いに行くあの感覚で、歩いている時、なんかいつも後ろめたくなるんだ。

父・勝と病院へ向かった。タクシーが捕まらず、結局歩いてロイヤルホストへ。

（病院じゃないんかい）

一通り食べ終わった頃、アルバイトの男の子がセットに付いてくるコーンスープを忘れていたと伝えてきた。すると、横から勝が、「いやぁ、こっちも注文の品はお揃いですか？　って聞かれて、はいって言っちゃったからしょうがないよ」となんか大人の感じを出してきた。おいおい、あなたの遺伝子を受け継いだが故に、そのしょうがない行き違いで、ほんの小さな出来事に愛は傷ついて、こうして「コーンスープ事件」になっているんでしょうが。怒りのキャンセルをして、財津和夫の顔真似をしながら、君はロイヤルホストを飛び出した。

途中、点滅する信号を渡るか迷っていたら、勝が服を引っ張るから仕方がなく走った。なんだか、過去にタイムリープするクソみたいなラブストーリーのワンシーンのようで恥ずかしい。

母・由美子は元気そうだった。毎日ベッドの上で過ごすのはどんなに辛いだろう。どんなに嫌なことがあったとしても、自分の意思でそこに居れるだけ幸せだよな。早く自由になって欲しい。

新宿へ。早く着いてしまって、あてもなく歩く汚くて懐かしい街。路地裏の駐車場に突っ立って時間を潰しながら、懐かしい気持ちになった。新宿はとにかく汚いけれど、知っている汚れだから大丈夫だ。新宿は変な奴ばかりで気持ち悪いけれど、自分も変な奴だから大丈夫だ。

ルミネの劇場は初めて。入口で佐藤さんと待ち合わせてニューヨークの単独ライブへ。普段言いたくても言えないようなことを笑いにしているから、それを見て笑うだけで、言えた気になる。

佐藤さんが隣で大きな声を出して笑っていたのが良かった。テレビ業界の人だから、腕を組んで険しい顔で見るのかと思っていたら、純粋に楽しんでいて、それが嬉しかった。

やっぱり、笑いには勝てない。

軽く飲んで、歩いて帰った。

7月2日

J－WAVE、今日は社長同伴。六本木ヒルズを意識してか、シャツをパンツインしている。

久しぶりに、社長とバーミヤンへ行った。昔はよくバーミヤンで、会計が1万円超えてない、ロックじゃない、という理由でテーブルいっぱいに料理を並べていた。お互い年を重ねて少食になっていた。野球速報に文句を言いながら、なんだかしみったれた話ばかりしていたけれど、中華料理にはしょっぱい話がよく似合う。

松岡さんのところで鍼治療。家に帰って作詞、作曲、読書。

時間があるのに、形にならず焦る。

7月3日

曲作り、作詞、読書。出発。

やついさんに呼んでもらってエレマガラジオDXの収録。過去の出来事をここまで具体的に気持ち良く話せるのは珍しい。調子に乗って喋りすぎた、と思って時計を見ると、ちょうど良い時間に収まっている。喋っていて時間を追い越すあの感覚は気持ち良い。実力のある芸人さんは、皆聞き上手だ。

終わってからやついさんの車で中野へ。一昨日に続いて佐藤さんも合流。ゲッターズ飯田さんに良いことを聞いた。久しぶりの中野は楽しい夜だった。

ちゃんと人を褒められる人は、ちゃんと人を批判できるんだと思う。やついさんの好きな物に対する情熱と角度を見習いたい。ここに書いたって仕方がないことなんだけど、強く残る言葉がいっぱいあった。

7月4日

昼からMUSICA「東京世界観」の取材で洗足池公園へ。ボートに乗って、多摩川でキャッチボール。鹿野さんは元気だ。途中、イカ臭い工場の前を通って、そのあまりのイカ臭さに胸が躍った。あそこで何を作っているんだろう。きっと地元の子供達の間では有名なんだろう。このイカ臭い工場で、日々なんかが出来上がっていて、そこで何人もの人が生きてるんだよな。鹿野さんと、そんな話をした。子供の頃の街の風景を一瞬で思い出させてくれたあの臭いを運んでくれた風に、マジ感謝。

事務所でひたすらPOPを書いた。果たして、ちゃんと飾ってくれるだろうか、と疑いながら書き続けた。この苦労も全部、人の善意に預けるしかない。

夜はKADOKAWAの村井さんと打ち合わせ。まだまだ時間がかかりそうだけど、じっくり考えたい。売れたい、という気持ちでしか進まない話し合いはヒリヒリする。売れたい、とか口にするのが恥ずかしい場には居ても楽しくないよな。だから今日は良かった。

一日中、なんかを誤魔化すように、雨がずっと降ってた。

7月5日

髪を切りに。谷本君が良い具合にしてくれた。とにかく伸びた毛が邪魔で仕方がなくて、もしも兵藤ゆきさんみたいな髪型だったらどんなに幸せだろう、と思っていた。髪を切っている途中「叙々苑行きましょう」と言われて、えっ、切り始めてすこししてめちゃくちゃ中途半端で、こんな変な髪型で叙々苑は行けないよ、と思ったら、「徐々に行きましょう」と言っていたみたいだ。滑舌が悪い谷本君、でも腕は良い。

東京都写真美術館へ行って、展示を見た。写真を見ている時間は大切だ。意味がわからなくて理解できない、人が撮った写真なんて意味不明だ。それが心地良いんだよな。簡単に理解なんかしてたまるかよ。

夕方からスタジオで練習。そして、深夜からスタジオでまた別の練習、色々やってますよ。お前、それはそうと、今日美容院行く時にまた道に迷ったことは書かないのか？ iPhone の地図に住所打ち込んでもわからないんだから。良い加減、地図を読めるようになれよ。

なりたいよ。

頑張るよ。

7月6日

実家へ。母・由美子もいよいよ明日退院だ。帰り際にエレベーターまで送ってくれた由美子。若い看護師だらけのナースステーションの前で、ベタベタと体を触ってくる由美子。

とにかく、痛みに耐えてよく頑張った。

感動した。

まる子と戯(たわむ)れて、キモい展へ。生き物は生きているだけで価値、というか勝ち。可愛くて仕方がなかった。

おどろおどろしいお化け屋敷のような音響や、真っ黒の壁紙や、いかにもなやり口が残念だ。もっと、別の答えを導く展示方法があるのに。気持ち悪い生き物を気持ち悪いと思う為にわざわざチケット代を払うなんて悲しいのにな。

もつ鍋を食って、長い距離を歩いた。

えっ？　誰と？　えっ？　コレか？（小指を立てています）

7月7日

J-WAVEへ。今日の収録は良かったぞ。ディレクターベーやんに対する、慣れや甘えのような物から遠ざかれた。

家で曲作り。そしてテレビで見ていた野球、真っ赤になった神宮を取り戻すには勝つしかない。6点差で余裕の展開。ラッキーセブンにレフトスタンドでわざわざ赤傘を振り回すファンよりも、それをアップにして映すフジテレビONEに対して腹が辰徳。

9回、新守護神のライアン小川がどんどん追い詰められて行く。5点差をひっくり返されての負け、この日は忘れないだろうな。大歓声の中で赤がうねるレフトスタンドは、まるで地獄のようだった。勝負の世界では、死ぬ程嬉しい人の裏に、死ぬ程悔しい人がいる。このチームが好きで良かったと笑う人が居れば、こんなチーム好きになるんじゃなかったと泣く人も居る。それでも他には行けない、行き場のれは一緒。

ない好きという感情が膿んでいる。音楽をやっても、文章をやっても、それは一緒。
勝ちを見せてくれるチームも凄いけど、負けを見せてくれるチームも大切だ。
試合後、ライアン小川の「悔しい、やり返したい」という言葉に救われた。
誰かを押しのけて手にする物だから、喜びがあるんだろう。「共に」なんてクソ
喰らえ。勝つか負けるかで、今日は負け、それだけしかない。
　プロ野球最高。

7月8日

結婚式へ。凄く良かった。こんな特別な時間を焼き付けても、不倫をする人がいるのかと思うと不思議だ。
良い式だった。誰かの喜びを喜べる喜び。

7月9日

昼からレコーディング。編成が変則的なレコーディングで、勉強になったし、何より楽しかった。昔はこうやって、遊びと変わらない気持ちで音楽をやれていたな、

と思い出した。周りに感謝しないと。

別れ際、加藤さんの「もう一軒だけ行く?」は相変わらず健在で、今日は誘惑に勝った。

ふと思い出したけれど、昨日のフジテレビＯＮＥの実況と解説が余りにも相手チーム寄りで、我慢できなくてＴｗｉｔｔｅｒを見たら同じような人で溢れていた。その中に、電話で苦情を言ったという人を見つけて、その手があったかと電話をかけてみた。思いのほかすぐに繋がって、驚いて、「あ……あの、今フジテレビＯＮＥで野球中継を観ている…ものですけど……あの……えーと……」と、そもそも勢いで掛けてしまったし、なんて言うかしっかり決めていなくてしどろもどろになってしまった私に彼女は言った、「フジテレビＯＮＥでしたらＣＳになりますね。こちらは地上波のフジテレビの窓口になります」と。

なんか、恥ずかしいのと情けないのと、行き場のないこの気持ちが、尚もフジテレビＯＮＥの窓口の番号を読みあげようとしてくれる彼女の優しさにすっぽり包まれてしまった。

ただ、あのアナウンサーと実況はおかしい。フジテレビＯＮＥは、ヤクルト寄りのはずだ。あぁ、やるせない。こんな日は、途中で雨天中止になれば良いのに。

7月10日

#ハイ_ポールの収録。今日は美味しい食べ物がいっぱい出てきた。これ以上幸せを与えないでくれ、おかしくなるから。相も変わらず、バカのひとつ覚えみたいに楽しかった。
帰ってから作詞、作曲、読書、映画鑑賞。履歴書に書く趣味特技のようなことをしていたら、あっという間に今日がポンや。

7月11日

夏フェスのゲネプロ。来やがったよちくしょう、絶不調。体が思い通りに動かなくて、焦りや苛立ちに飲まれる。怒っても不貞腐れてもどうにもならないのは知っているけれど、為す術がないんだ。終わる頃には、もうすっかりくしゃくしゃになっていた。
お客を騙(だま)す前に、自分自身も騙せないのが情けない。

松岡さんのところで鍼、刺さった後にこれは何の筋肉か訊ねるのが好きだ。よくYouTubeで、マッサージの動画を見ているし、悪いところが良くなる、という変化に興味がある。その逆も然り。

作詞をして文章を書いて、夜を過ごした。真夜中3時過ぎ、開け放した窓から、女性の泣き声が聞こえる。こんな時間に男にでも放り出されたんだろうか。まったく酷いことをするもんだ。せめて朝まで待ってやれば良いのに、血も涙も無い野郎だ。と思ったけれど、自分だって変わらないだろう、きっと同じようなことをしてきたんだ。いつか泣かせたあの人の泣き声も、見知らぬ誰かが聞いたはずだ。

本当に悲しそうで、やるせない気持ちが部屋に充満して困った。泣いているあの人に良いことがありますように、とか願う前に、自分が泣かせたあの人の幸せを祈れよ。

そう思いながら寝た。

7月12日

昼から、昨日に引き続きゲネプロ。ダメだね、全然。さっぱりだ。

こうなるともうどうしようもない。喉を殴りつけたり、喉を握りつぶしたり、そんな衝動に駆られてはなんとか思いとどまる。何故なら、痛いから。痛みに感謝しなければ。痛みがなければ、今頃もう終わってるよ。

やり切れず、事務所でビールを飲みながら野球観戦。テレビ画面の中もパッとしない。メンバーも、なんとなく試合終了まで一緒に見てくれていたけれど、今思えば申し訳ないことをしたな。

夜は暑くて寝れない。窓を開けても変わらず、明け方ついに扇風機を引っ張り出した。埃まみれの羽根は、豪快にぐるぐるまわる。去年の埃が、去年の風が、今年の体を冷やした。

7月13日

中野でSPURの撮影、スリランカカレーを食べた。良い雰囲気で、楽しかった。愛情を持ってやってもらえるとすぐにわかる。(常に愛情に飢えているからな)しっかり作っている雑誌はすぐにわかる。そんな雑誌に出してもらえて本当に嬉しい。

銀座のスタジオで、9日に録った曲の歌入れ。自分で歌わない歌入れは新鮮だった。上手い人がどんどん入れて行く、叩き込んで行く。すげーな。

又吉さんと、「実験の夜」[49]の打ち合わせ。後ろの席では、ゲームなのか、賭けごとなのか、中年の男女が大騒ぎしている。誰かが作ったルールの中で騒ぐより、おとなしく、じっくり向き合って会話をすることに幸せを感じる。決まりのない、無限の中から、言葉を選んでぶつける。今回も色んな蓋が開いた。又吉さんと話していると、開くな。帰ってから、曲を作った。日記のような感覚で、話したことを曲にした。

良い日。

7月14日

J-WAVEで収録。六本木ヒルズも夏休みに向けて賑わっている。エレベーターに乗ってくるやつは大体、サングラスかけて、髭生やして、素足に靴履いて、ベンチャー企業感出してくる。大体、革製のちっちゃいバッグを持ってる。あと、ガム噛んでる。あと、駐車料金払う時、電話を耳と肩の間にはさんで会話をしている。

北海道へ。機内はバンドマンがいっぱいで、異様な雰囲気だった。空港からホテルまでの送迎バスでは、一番後ろの席に座った。手前に座ると他のバンドの人が乗ってくるたびに、「おっ!」「おーっ!」ってなって大変だから。「おっ!」「おーっ!」は結構疲れる。こういうのをコミュ障、とか軽薄な言葉で片付けようとする人も居るけれど、違う。敵意に近い。話したくない、という明確な意思がある。他のバンドメンバー3人はそんなこと思ってないだろうけど。
変な時間に寝てしまったせいで、朝方まで眠れず。ホテルの部屋着が、誰かの私物を借りたような手触りで薄気味悪かった。

7月15日

JOIN ALIVE。朝早く、会場へ。送迎バスの中でずっとくだらない話をしている集団がうるさい。あまりにも内容がくだらな過ぎて、逆になんか意味があるのか、と考えてしまう程だ。
ライブまで、しっかり準備をして気持ちを持って行けた、ような気がする。ライブも楽しくやれた。お客さんが楽しそうにしていた、ような気がする。

気のせいだとしても、やれたと思っていることは大事にしたい。

メンバーはビールを飲んでいたけれど、我慢した。こうやって細かいところでポイントを貯めていくしかない。

大阪へ移動。北海道らしい物を、と社長が買ってくれたソフトクリームを食った。ソフトクリームくらい良いだろう。

大阪のホテルで大人しく音楽番組を見て過ごした。音楽番組を見れるようになっただけでも、大きな成長だと思う。見ている中で、自分と同じような症状を抱えている人を何人か見つけた。苦しいだろう。それでもそこに立つという勇気を考えると、やり切れなくなった。

そもそも、やり切れたことなんてないけどな。

だからこそやってるんだ。

7月16日

駄目だ。わかってはいるけれど、期待してくれている人達に申し訳ない。どうやっても、できない。あんな舞台に立たせてもらっているのに、申し訳ない。相変わらず、ネットには書かれている。大丈夫なの？　もう駄目なのかな？

うるせえ、ほっといてくれ。

それと、北海道で食ったあのソフトクリームが新大阪の駅にも売っていた。北海道限定じゃなかったのー。

7月17日

ドラマ「わにとかげぎす」の収録。ラジオから聞こえてくる声の役だから大丈夫だと思っていたけれど、緊張して何度もやり直した。現場の空気が穏やかで、ありがたかった。そして、声だけでこんな風になってしまうのならば、芝居なんて絶対に無理だ、と安心した。あっぶねー、勘違いして役者業に興味を持ってしまうところだったー。

とにかく貴重な経験をさせて頂きました。

渋谷∞ホールで「実験の夜」。リハーサルのスピード感に驚いた。音楽ライブのリハーサルに比べて圧倒的に速い。１つ１つ、１回限りの確認で進んで行くから緊張感がある。長いことやっているから、というだけの理由では成り立たないはずだ。本番に向けて、緊張感を高める、という意味では最高のリハーサルだと思う。本番に向けて緊張感をなくしていくリハーサルも大事なんだろうけど、個人的にはこっちの方が好きだ。

本番、お客さんが凄く良い。体の動きではなく、頭の中の動きで表現を捉えているような、心地の良い視線を感じた。トークと歌で、すこしでも貢献できていたら良いけれど。

時間が押していて迷ったけれど、最後に「実験の夜」をテーマに作った曲を歌った。又吉さんには伝えていなかったけれど、喜んでもらえて良かった。

実験をし続けるということは、失敗をし続けるということだろう。成功して終わってしまわないように、いつまでも失敗し続ける。「笑い」においては失敗こそが成功なんだろう。失敗を笑う。普段、何よりも失敗を恐れている自分からしたら、羨ましくてしょうがない。

本番中、「ＩＫＫＯさんの前世はマフィアのボスの愛人、何故なら、ドンだけー」というネタの時に、スタッフとして来てくれていた社長の笑い声が袖から聞こえた。

打ち上げも楽しくて、あー、楽しかった。(馬鹿っぽい文章だな)

7月18日

朝から二日酔いのまま、J-WAVEの企画でオリジナルのクラフトビールを作りに茨城まで。現地でディレクターべーやんがお出迎え。小川君も参加。鼻に突き刺さる麦芽の匂いに、吐き気をこらえる。原材料を選んだら、後は全部やってくれるものだと思っていたけれど、あら大違い。

計量して、釜に入れて、なんか下から出したり、上から入れたり、移し替えたり、お湯をぶちまけたり、大忙し。下から出てくる麦芽の汁なんかもう、二日酔いの状態だとゲロにしか見えないから、酸っぱい唾を何度も飲み込んだ。

ずっと指導してくれている若くて綺麗な係員の女性が、クリープハイプを好きでいてくれて、Tシャツを持ってきて「サインをしてください」と言ってくれた。

その後からなおさら手を抜けなくなって、釜の前で右往左往した。小川君も横でヒャアヒャア言いながら頑張っている。

大学生が飲み会で調子に乗りすぎて、帰りの電車で吐きそうになっている、あの表情で、じょうろ片手に釜まで走った。俺も必死だ。ようやく一連の作業を終えて、額の汗とともに充足感が滲んだ。

「後の作業は私にお任せください」と言われて、不安なので任せられませんよ、とボケたら変な空気になった。

昼飯に蕎麦とビール。梅酒まで。もう一度蔵に戻って挨拶をした時に、係員の女性に、何時から何時まで働いているんですかと尋ねたら、想像以上のものだった。それは大変ですね。黒ですか？　と尋ねた。

「漆黒です」

返し面白いな。

帰りの車で寝たら頭が痛くなってしまった。それはべーやんも一緒だったようで、なんとなくしていた、「東京に着いたらもうすこし飲もうか」という約束も、なんとなく流れて解散。

家でゆっくり今後のことを考えた。時間があればその分だけ迷ってしまうから良くない。

夜中に、レコーディングした音源の細かい確認、采原さんのスタジオで作業。加藤さん、カオナシにマジ感謝。

7月19日

1日家に居た。作詞をして、この日記の原稿を整理して、歌の練習。歯に挟まったなんかの肉片を舌先でつつくような作業。爪楊枝を使えばすぐに済むのに、それでも、わかっていて舌先でやってしまう馬鹿な自分。間違っていても、もしかしたらという気持ちが拭えない。

夜はドラマ「わにとかげぎす」のオンエアを見た。予想よりもネット上が荒れている。やりたいことをやっただけで、ありがたい話だ。必要とされているのが嬉しくてたまらない。あの頃どれだけ飢えていたか、知らせる術はもうない。相変わらず、建てつけの悪い扉だ。ガタガタうるさい。

7月20日

夜、家系ラーメンを食った。急に体に悪いものを食いたくなったからだ。満たされてしまう前に、悪いものを隙間に詰め込みたくなった。そうするとなんか安心するんだ。

愛想の悪いラーメン屋、何故か入口の扉を10㎝開けておかなければならない変な決まりがあるラーメン屋。ごちそうさま。いや、もっとテンションあげていこう。ほら。

ごちそうサマー！

夏の夜はいくらでも歩ける。

いくらでも、と言うのは言い過ぎだとしても、冬よりかは歩けるよ。

7月21日

神宮へ。この日は大忙し。いつもの小川君、みっちゃんに加えて、ＢＡＲＦＯＵＴ！の連載取材も兼ねて編集長山崎さん、週刊プレイボーイ秋山さん、やついさんが神宮に。

このオールスターのような賑やかな客席、なんだか勝ちそうだ。昨日の流れもあるし、確実に行ける。勝つよ、絶対、勝つよ。（小林）美味しい料理をドーン！！！

負けたー。11対0からの1点が五臓六腑に染み渡る。

やついさんとみっちゃんの会話が良かった。

それにしても、勝ちが遠い。金曜の賑やかな表参道、負けを引きずって歩くのは惨めだ。

7月22日

J-WAVEへ。話したいことを話した。言いたいことを言える場所があるのは、本当にありがたい。言わせてくれる男、ディレクターベーやんにも感謝。もう仕方ねーな、という男前な表情が、ガラス越しに反射してキラキラしていた。

亀有へ。大好きな小説家、町屋良平さんと喫茶店で待ち合わせ。色んな話をした。焦げた目玉焼きがのったインスタントのカレーライス、この場合はこれが正解だろう。全部の喫茶店が命をかけた自慢のカレーを出す訳ではないからな。コーヒーを飲みながら、カレーを食いながら、亀有で町屋さんと話をする。

小説とは離れた、やわらかい町屋さんの言葉。この体から、この声や手からあの文章が出てくるのかと思うと、嬉しくなる。逆に、何気なく出した言葉で失望させてしまわないか、心配になる。この感じ良いな。ウナコーワクールのような会話は、ヒリヒリする。

飲み屋に移動してすこし飲んで、楽しみにしていた講談を見に、イトーヨーカドーの最上階、かめありリリオホールへ。

亀有のイトーヨーカドーに入ると、一瞬で小学生の頃に引き倒される。あの頃、やっと芽生えた自意識も、イトーヨーカドーにすっぽり収まってしまうんだから、たまらなかった。

金を貯めて流行りの洋服を買ったり、ゲームセンターに通ってメダルを使って賭けごとの真似事をしたり。なんにも叶わなかったあの頃が、ガラスドア１枚隔ててまだ残っていやがったけれど、振り払って、階段で最上階へ。

講談、最高だった。途中、一瞬寝てしまって、とてつもなく気持ちよかった。やっぱり、駄目なことは気持ち良いな。

帰りはお花茶屋まで町屋さんと話しながら歩いた。ヤンキー夫婦が、赤ちゃんを乗せた自転車を虚ろな目で引いている。セブンイレブンの明かりに照らされて、金色の髪がもっと光っていた。

駅前で破裂音がして、公園を見るとロケット花火が何発か飛んで行った。はしゃいでいる子供たちと、それを見守る何人かの大人が影になって、花火を打ち上げている。とても良い景色を見た。

町屋さんと別れて実家へ。父・勝、母・由美子、まる子がお出迎え。

勝が、「とっておきのハイボールを飲ませてやる」と言って何年も前のウィスキーを出してくれたのは良いけれど、普段酒を飲まないせいか、新発売の紅茶の炭酸水で割るという痛恨のミス。

帰りは満員電車、目の前の座席には寝ている女性。首がもげるんじゃないかと怖くなるほどに、ぶんぶん揺れていた。

7月23日

歌の練習。思い出したように、発作のように確かめたくなる。不安だから。

夕方、神宮球場へ。これも発作のように確かめたくなる、勝利を。

また負けた。蛍の光、黄色い傘の東京音頭、あと1人コール、あと1球コール。やられて悔しいことを全部やられた。だから阪神には負けちゃいけないんだ、タチが悪いから。舘わるし、だから。あぶない刑事(デカ)ならぬ、あぶないファンだから。甘くはないこんな日は、帰りに塩ラーメンだ。しょっぱいからね。おいしかったな。

文章を書く、朝方までかかってようやく完成。

7月24日

読書をして、文章を書いたり昼寝をしたりして外出。

永代橋の周りは懐かしい物だらけだ。『踊り場から愛を込めて』というアルバムの曲を作っている時、ビル改修工事の警備員をやっていた。埃が舞う階段の踊り場に座って、携帯サイトの日記を更新するのが好きだった。

茶色い安物のノートに歌詞を書く時に使っていたのは、出勤前にコンビニで買ったリゲインにオマケで付いてきた綾波レイのボールペンだった。とてつもなく書きにくかったけれど、それはそれでけっこう気に入っていた。

昼飯はコンビニで買って、マンションの自転車置き場か、川沿いのベンチや階段で食った。居場所はなかったけれど、その分どこにでも行けた。

それにしても、車の誘導もろくにできないまま送り込まれた現場を1人でまわすのは大変だった。現場の駐車スペースにトラックが来る度に、うまく別の仕事を見つけて死角に入り込んでは、誤魔化し続けた。だって、誘導の仕方がわからないんだから。

そうやって、なんとか夕方まで耐え忍んで、時間が来たら逃げるように帰った。現場監督の前に立って日報の右下に終業のサインをもらう時は、借金の保証人になってもらうような罪悪感があった。

メンバー3人の仕事の都合でスタジオでの練習時間まで余裕があったから、毎回東京駅まで歩いて、駅前の松屋で飯を食ってから吉祥寺へ向かった。スタジオで作りかけの曲を詰めている時だけは、1発殴り返したような手応えがあった。(たった1発だけ、それも殴られた相手よりも殴った自分の手の痛みの方が強いやつ)

受付の愛想のないアルバイトに腹を立てて、それでもそいつにマイクをもらわないと歌うことすらできないから、ギリギリ目を合わせないようにして、それでいてギリギリ会釈をしているような角度に顔を伏せてなんとかマイクを受け取っていた。その内、あまりにもそいつに接するのが憂鬱で、マイクの受け取りをメンバーに頼むようになった。

スタジオでの練習を終えて、ぎっしり詰まった中央線に尻から突っ込んでいく。満員電車で楽器を持っている奴は犯罪者と同じ扱いになるから、家の最寄り駅までは肩身がせまかった。家に帰ったら風呂に入って、すぐに寝て、起きたらまたアルバイトへ向かう。

東京駅ではディズニーランドへ向かう集団を横目に、京葉線で目的地まで。夢の国、と言うより、夢の為の国。下積みし過ぎて、気がつけば落ちたら死んでしまう程の高さになっていた。

久しぶりの永代橋で、思い出した。

7月25日

昼過ぎから新潮社で「犬も食わない」の打ち合わせ。千早さん、編集長西村さん、編集三重野さんと、次の方向性を詰めていく。個人的に、事件を起こしたいタイミングだったからおかしな提案ばかりしていたけれど、意外とそこから話がまとまった。意図的に雑談を交えながら、打ち合わせなのか雑談なのか、曖昧になってきたところからが勝負だ。

移動して、千早さん、三重野さん、小説すばる編集の伊藤さん[50]と韓国料理屋。伊藤さんとは初対面。第一印象、グーググーグーグー。

千早さん、三重野さんとバーに寄った。

知らないおじさんの車で帰宅。知らないおじさん、いつもありがとうね。

7月26日

昼過ぎに起きて作詞、読書。考えがまとまらず無気力な状態が続く。身を切って作った物を差し出す場所について、悩んでも答えが出ない。

夕方からフジテレビＯＮＥで野球。一方的な展開で10点差がついたところで、寝転がって背中で見る。これだけ集まったファンの為にも一矢でも二矢でも報いて欲しい。

10対２。あっ、いいよ。

10対４。おうおう、やるじゃねぇの。

10対５。よっしゃ、その姿勢が明日に繋がるねぇ！

10対6。えっ、どうした？　もー、やめてよー。そういうのいいから！

10対7。おい、だからどうしたの？　ねぇ……？

10対8。う、うそだろ……完全にやる気だな。そっちに振り切るよ？　良いのね？

10対10。ぎゃーっ！　すごい、こんなの初めて！

10対11。あぁ……これが奇跡か。

絶望的な状態から繋いで繋いで、こんがらがった紐を根気よく解いていくように、極限まで集中して気の遠くなるような作業。今の自分に必要なことを見せてもらった。

　腹を立てて諦めてしまえばそこまでだ、そんなことはわかってるよ。でも実際に目で見たら、希望になる。人間だもの、は都合が良すぎる。人間だから、だ。

　今日は本当に素晴らしい物を見た。実況も解説も最高。思わずフジテレビＯＮＥに、お礼の電話をしたくなった。（やめとけ、また間違えるぞ）

　そして、勝って喜ぶ人が居れば、負けて悲しむ人が居るということ。こんな負け方をした選手とファンの気持ちは計り知れない。

この喜びだって、誰かの悲しみでできていることを忘れてはいけない。

プロ野球ニュースを見ていたら、「わにとかげぎす」の2話を見逃した。やれることをやっていこう、気の遠くなるような作業でも、今立っているところから必ずやり返す。

7月27日

昼から対談。全く違う場所に居る人と話をする場合は、その人との違いを見つける方が簡単だと思っていたけれど、そうではなかった。意外にも根底が同じで、むしろ違うところを探すのに苦労した。良い時間だった。

駅でバンド、ウラニーノのボーカル、山岸賢介さんと待ち合わせ。どうしても話したいことがあって、友人を介して連絡を取って迎えた今日。会えて良かったし、音楽にしがみついていたいと思えた。痛みを知っている人と話せて良かった。山岸さんありがとう。

確かに必要な時間だった。

7月28日

スタジオで練習。久しぶりの曲をくり返して馴染ませる。自分で作った曲なのに、こんなにも離れてしまうものか。メンバーの演奏も、すこしずつピントがあってくる。一度手を離れた曲というのもなかなか良い。これは、女性にも当てはまるのかもしれない。（クズ）

新宿へ。ライターの山田君とＴＢＳの橋本さんは同じ84年生まれ。ここに書けないような、チンコの話ばかりをしていた。深夜の新宿は落ち着く。皆が自分のことばかりで、人が勃起していてわかりやすい。

金曜の夜は、知らないおじさんの車が大人気だ。知らないおじさんの車がなかなか捕まらず、山田君と知らないおじさんの車を捕まえようとしながら、しょうもない話をして過ごす。このまま知らないおじさんの車が捕まらなければ良いのにと思いながら、やっぱり知ってるおじさんと話すのは楽しいな、と思った。

山田君、いつもありがとう。

7月29日

Ｊ－ＷＡＶＥへ。今日はギターの小川君がゲスト。変な感じになってしまったけれど、あの方は変な人なんだから、それで正解。無事に収録を終えて、加藤さんと待ち合わせをしてお台場へ。ａｉｋｏのライブ。

今日は特に良かったな。ライブという物に枠がない。そう考えたら、ロックフェスは一見激しそうに見えるけれど、綺麗に整頓されているのかもしれない。たとえば、ライブ中に暴れすぎて骨折をしてしまったということでさえも、ロックフェスという額縁の中には収まっている。もっと、そういうことではない、得体の知れない勢いというのがあった。内側からめくりあげるような、なんかとしか言いようがないなんか。そんなライブがしたい。クリープハイプを好きでいてくれる人を、そんな気持ちにさせたい。

横で、終始感動している加藤さん。あまりに感動し過ぎて、これはもう手に負えないぞ、と首を横に振っている。もしも知らない人が見たら、ただ怒っているようにしか見えない。でもこの反応こそ正しいんだ、と思った。

本当に凄いものには、息を飲むことでしかそのことを伝えられない。なんかに感動している人を見ると、創作意欲が湧く。エロいことを考えるとくしゃみが出る、これと並ぶ昔からの自分の変な癖だ。

加藤さんと軽く飲酒。加藤さんは話を聞いているようで聞いていない。そして、聞いていないようで聞いている。だから合うんだろうな。話したくないことと聞いて欲しいことが良い具合にすれ違ってるんだろう。そこが大事。（真央）

7月30日

鍼を刺してもらう。筋肉に直接的な刺激があると、体内がギュッと引っ張られて、それだけでなんか良くなった気がする。

スタジオで練習。家に帰って、何をするわけでもなく、無駄に時間を過ごす。かと言って、意味のある時間を過ごしたことなんてほとんどない。後悔して、無駄な時間を過ごして、せめてもの言い訳としてなんかを残してきたんじゃないか。

7月31日

朝早くに新木場へ。今日は#ハイ–ポールフェスという、番組の公開収録を兼ねたイベント。長時間のイベントで、リハーサルが午前中になって、メンバーまで早めの会場入り。申し訳ないな。（大丈夫、気にしないで）

バンドのリハーサルを終えて、打ち合わせ。公開収録も順調に終わって、対バンのライブを見て、本番のステージへ。ここまでが一瞬の出来事だった。

今日は良いライブがしたい、それはいつも思っているんだけど、この日は特別だ。ここで良いライブができなければオチない。今までずっと「ポール」というキャラクターの声をやってきた番組のイベントで、最後を「クリープハイプ」というバンドのフロントマンとして締める。これは、尾崎、お前はお前の本業で番組のイベントをひっくり返してみろ、という最高の気持ちだ。

ちゃぶ台をひっくり返す気持ち良さを思い出した。いつだって、そうやってきたじゃないか。

改めて、この番組に関われて良かった。

ステージ上は終始居心地が良くて、何度もやっている会場だったけれど、初めて左上の方にビルが見えて、こんなところにビルがあったのか、とぼんやり思ったりした。

音楽以外の仕事をすることについて、音楽で説明できた。

お客さんに恵まれて、気持ちの良いライブだった。

久しぶりの曲も何曲か。引っ張り出してきた曲のイントロでお客さんの歓声があがると、長い間寝かせて積もっていた埃が舞うような気がする。お陰でまた綺麗になった。

打ち上げはやり過ぎて、朝の6時、謎の中華料理屋で終了。吐き出した分を埋めるように、必死になって飲んで食った。

打ち上げ1次会で、偉い人が、「本当にお疲れ様でした」と声をかけてくれたのが気になる。

番組、終わるのかな。怖いな。終わらないで。

8月1日

起きたら二日酔い。当たり前だよ、あれだけ飲んだら。何もする気になれず、社長に電話をかけて昨日の確認。32にもなって、ライブの打ち上げ翌日に、自分が何をしていたかを確認するのは情けない。

夕方、ラジオの野球中継。始球式でマウンドに立つ男性に対して、「すこし頭のあたりが寂しくなってきた男性が、今投げました」というアナウンサーの発言。お前の何気ない、なんなら気を利かせたのかもしれないそのクソ描写、その男性にとっては一生に一度の晴れ舞台だと思うんだけどな。愛のない実況に、説教。

夕方、洗剤を探して小雨に濡れながらスーパーへ。探していた洗剤が見つからず、結局コンビニで中途半端な洗剤と中途半端な飯を買った。

やる気が出ない。時間だけが過ぎて行く。

時よ、行かないで〜。

8月2日

寝たり起きたりをくり返していたらあっという間にこんな時間。家を出て神宮球場へ、今日はついに博士との野球観戦。

博士、プチ鹿島さん、スズキ秘書、みっちゃん、小川君とバックネット裏のとてつもなく良い席に座った。

「やすいくんのすずめ見たよ」

みっちゃん、それを言うなら「やついさんのひよっこ」な。この前神宮で会ってから朝ドラ見たんだな。

雨の中、序盤から劣勢。

「あの方、誰かわかる?」

「え?　誰ですか?」

「山田哲人選手の……お母さん……」

184

る。

「いや、そんなわけないでしょ……！」

博士が鹿島さんにみっちゃんを紹介しているあの感じが、今でも印象に残ってい

大敗して、人混みに押しつぶされながら歩く。古いバーで打ち上げ。楽しくて、つい飲み過ぎてしまった。

今日は昼間から調子が上がらずに、どうしようもない状態で、本当はもっと楽しんでもらおうと計画していたのに、何もできず情けなかった。

そんな中、こんな年下に気を使ってくれて、楽しませてくれて、何より楽しんでもらえて強く救われた。

こんなことを書くのも図々しくて申し訳ないけれど、博士の、持っている知識の分だけ気遣いをしてくれるところに惹かれるし、持っている知識の分だけ偉そうにしてしまう自分が恥ずかしくなる。

本当に、何から何までお世話になりました。

みっちゃんが、せっかく取ってもらった席から離れて途中で外野に行ったことに腹を立ててしまい、「せっかく取ってもらった良い席から外野に行くことをわざわ

ざ皆に伝えなくても」と強めに言ってしまった。あぁ、このくだり前にもあったなぁ。

「あの様子だと帰りの電車を乗り過ごしそうだから」と、みっちゃんが最寄り駅へ着く予定時刻が、途中まで一緒だった小川君から送られてきた。

まだ時間があったので、酔って近所のラーメン屋[51]へ。そう、あの金たわしが入っていたラーメン屋だ。

時効だ、もうお互い忘れているだろう、席についてとんこつラーメンのネギ抜きを注文。すぐに出てきたラーメンには、たっぷりとネギが入っている。ネギ抜きを注文した旨を伝えると、

「えっ？　ネギ？　ネギじゃなくてメニューって言ったのかと思いましたよ」

あぁ、思い出したこの感じ。細胞がしっかり覚えていたよ。イライラするー。仮に俺がメニュー抜きでって注文したとするよ、じゃあなんだ、ラーメンに漏れなくメニューが入ってるのか？　嫌だなぁ、そんなラーメン。最悪だよ。トッピングじゃなくて、ショッキングだな馬鹿野郎！

でも、ラーメン自体はうまいんだよな。また来るよ、馬鹿野郎。

時間になってみっちゃんに電話をかけたら、案の定違う駅にいる。何を言っても酔っているみっちゃんにはうまく伝わらない。「大丈夫だよ」の一点張り。路上で大きな声で電話をしている自分を、通り過ぎる人達が不審な目で見ている。困り果てて帰宅。

アイスクリームを食べて寝てしまった。起きたら、小川君から、「無事に帰れたらしい」と報告の連絡が来ていた。

ひと安心。安心タイガース。風呂に入って、寝た。

8月3日

寝過ごしたり、怒ったり喜んだり、忙しかった。迷惑をかけた分、返したい。

色々あったけれど、コンビニの惣菜が美味しかった。

お釣り過不足事件に巻き込まれて大変だったけれど、それはまた今度。

(そんなしょうもない事件、今書けよ今!)

8月4日

MUSICAの連載「東京世界観」の取材で東京大学へ。暑くて、人が多くて、観光をしている人と勉強をしている人が入り乱れている。食堂でビールとカレー。汚い食堂は、どこからどこまでが厨房なのか曖昧だ。

テーブルには誰かが食っていた、なんかの汁。座敷は、おそらく受験を控えているであろう未来の東大生達で溢れていた。目標に向かって突き進む中高生の分厚いメガネはギラリと光る。自分がやってこなかったことを、必死に、過剰にやっている人を見ると後ろめたい。早く帰りたい。鹿野さんと、せめてもの抵抗で昼からビール。どうだ、参ったか。昼からビールを飲むなんて、馬鹿だろう。馬鹿怖いだろう？　ほーれほれ、馬鹿だぞ！

とほほ。

J-WAVEへ、今日は良かったんじゃないか。話したいことが多かったし、しっかりペースを保てた。ディレクターべーやんが作った素材がひとりよがりで、やれやれという気持ちと、もっとやれという気持ちが半分半分。やれ、やれ。

ユニバーサルへ。身近なスタッフとこれからについて長い時間話をした。

たとえ馬鹿話で笑いながらも、その笑いの奥でギラギラしていれば、必ずやれるはずだ。まだ諦めていない。

8月5日

形にならないという焦りでじりじりしていた。なんかしないと不安なのはまだやれる証拠か。24時間もあったのに、こんな風にして過ぎて行った。なんとなくみていたクソみたいなバラエティ番組に、前に会ったことがある薄っぺらい俳優。ペラペラ笑いやがって、悔しいなぁ。CMにも、前に会ったことがある薄っぺらい女優。おい、休ませろよ。悔し疲れしてぜえぜえ言ってる。
やってられるか。やってやるよ。

8月6日

夏の神楽坂は良い。気がつけばあちこちに提灯が出ていて、せまい道幅で通行人をかわしながら、角を曲がればまた同じような道で困る。目的地にたどり着かない焦りもお構いなしに、街全体がのんびりしている。
日も暮れて、夜の加藤製本を目指して散歩。

坂の途中、知らない誰かの会話に勘違いして振り向いてしまう程に、人が近い。車を避けながら、夜の坂道をくだる。

真っ暗な通りにぼうっと灯る看板。怪物のような加藤製本を前に、何があるわけでもないのに、ついここに来たくなってしまうのは何故だろうと考える。

10代の頃に対する言い訳と、懐かしさと、後はなんだ。神社みたいなものか。ここに来て、まだやれると、一番何者でもなかった自分に助けを乞うてるのか。

手にするまではあんなに求めて、手にしたら手にしたで捨てたくなる。あんなに望んだ未来だろう。

歌を取り上げられて、声を消されて、それでもまだ音楽にすがるのは何故だろう。いつまで待っても、加藤製本は黙ったままだった。

8月7日

大久保のスタジオでゲネプロ。思うように行かず、苦労する。体力よりも先にやる気を落として、汗が滲む。わかっているのに止められない。まだある、ほんのすこしの可能性も捨てて悪い方に引っ張られて行く。決めたセットリストを通した1

時間の中でじわじわ駄目になってた。

イライラして思い切り叫んでみるけれど、なんかが詰まって声にならない。叫べない苦しみで叫びたくなるなんて、想像できるだろうか。いっそ潰してやろうと、喉に力を込めて絞る。ピックを嫌な角度に向けて何度もギターに叩きつける。しばらくして、割れてしまったピックの一部が弾け飛んだ。嫌な汗もすぐに冷房が冷やしてしまうから、それにまた腹が立つ。

一度休憩室に戻って、「もう無理ですね、やれません」と伝えたけれど、若林さんはこの後のゲネプロのことだと思ったようで、あれこれと対策を考えてくれている。音楽自体をやれないと思っている。恥もかき疲れた。どうしようもないけれど、また頭から通した。

なんとか最低限の形になったけれど、声が爛れている。なんだか大事な物のような気がして、床に落ちている割れたピックを拾ってポケットに入れた。

カオナシと約束をしていて、飲みに出かけた。楽しい時間だった。それは紛れもなく。絶望的な気持ちが晴れて、また頑張ろうと思えるほどに。ありがたい。

家に帰ってしまえば、さっきまでの楽しかった時間さえもが、そのまま不安の種になった。どうしても我慢ができず、拳で首を殴りつける。痛みと痺れが、そこが自分の体であると自覚させる。それに、罪悪感と恐怖が覆いかぶさる。

それでもまだ、その衝撃で、なんかの拍子で、元に戻るんじゃないかと期待してしまう。もと通りに歌えることに賭けてしまう。何度目かで涙が出て、止まらなくなった。泣き喚きながら、自分がこんなにも涙を流せることに驚いた。鼻水まで出てきて、これは間違いなく鼻をかむことになるけれど、そういえば鼻をかむのも久しぶりだな、なんてぼんやり思った。

鼻にティッシュをあてがって悪いものを全部出してしまおうと思ったのに、ティッシュの中には笑ってしまうほど透明な液体があった。

8月8日

曲作り。高校野球を見ながら、また曲作り。そして、プロ野球を見ながら曲作り。こういう日が大事なんだ。あの日何をしていたか、なかなか思い出せない1日が、後に人生を変えるんだ。

えっ、そんな奴居たっけ？　って言われるような、クラスで目立たない地味な奴がスターになったりするんだ。

深夜に小学校の同級生から電話。電話なんてかけてきたこともないのに。しばらく当たり障りのない話をしていたら、「今一緒に飲んでる子が凄いファンなんだって」と言った。今から電話をかわる、と言われる前にしっかりと釘を刺した。

アレ本当に嫌いだ。何を話して良いかわからないし、それは向こうだって同じだろう。

「もしもし……」

「はい……」

「あの……えーと……」

「は……い」

「えっ、えー」

「はぁ……い」

「えー？　がんばってくだ……さい」

「はい……ありがとうございます……」

大抵はこんなやりとりになる。俺、アイツと繋がってるぜ、という優越感の為に

２人の人間が犠牲になるんだ。

アレ、本当に嫌いだ。

８月９日

＃ハイ_ポールの収録。覚悟はしていたけれど、悲しいお知らせ。収録は相変わらず楽しい。その楽しさが、そっくりそのまま悲しい。

宇野君と居酒屋へ。うるさくて不味い最低最悪の店で、メニューからは生乾きの臭いがする。たいした話もできずに別れたけれど、たまにはこういうこともあるだろう。雨が降ってきて、濡れながら四谷の街を歩く。酢ダコさん[52]に会いに行った宇野君と別れて、スナックアーバンで資さんと合流、２軒目で下川さんが合流。いつまでこうやって一緒に飲めるだろうか。まだまだ一緒に仕事がしたい。ベロベロに酔っている資さんを見ると幸せな気持ちになる。

最後は、下川さんとアーバンのママとびっくり寿司。ママに動画を見せて、ヤクルト藤井選手の守備の凄さを説明しながら寿司を食った。

下川さんが、前に飲んだ時に、酔った勢いで調子に乗って話したことを行動に移してくれていた。

　びっくりするくらい、楽しい夜。

8月10日

　15時、松岡鍼。痛いな。直に筋肉に来るね。終わってから、すぐにでも雨が降りそうな天気のなかを、雨が降る前にどこまで行けるか歩いてみるという小学生のような遊び。無事に、雨が降る前に目的地へ着いた。

　夕方から野球中継。途中まで緊張感のある試合でも、終盤に馬鹿らしくなるほどの展開になると、それまで積み上げてきた時間が一瞬で消えてしまう。それもまた野球。

　21時30分、水戸へ出発。車内にはおじさん達（メンバー）のむせ返るような熱気が。雨が降る夏の夜、おじさんを乗せた車は風になる。

　24時、水戸のホテルにチェックイン。とり天と磯辺揚げ、麻婆豆腐、シュークリーム。食べすぎたおじさんは後悔と枕を抱くのだ。

　寝ろよ、じじい。

やっぱり寝れねー。iPhoneの不健康なあかりに照らされたのは、少年時代の尾崎君の顔。

ゴイステ[53]のライブを見る。東京初期衝動は2001年、弟と2人で行った代々木公園のフリーライブだ。対バン形式でやることを知らずに行ったから、帰らなければならない時間になってもゴイステが出てこない。なんとか一目でも見ようと粘った。夕暮れ時、怒号に包まれたゴイステのライブ。峯田が出てきた、本物の峯田だ。1曲目で柵が壊れてライブが中断、泣く泣く会場を離れた。弟と歩いて原宿駅へ向かう途中、遠くの方から雷のような歓声と、「瞳を閉じれば聞こえてくるだろう」。

東京少年は大人になって、明日、国内最大級のステージに立つ。

8月11日

ついに来たロックインジャパン。例年のイメージから、駐車場に着いた時点で体が硬くなった。今年こそはと思う気持ちと、どうせ今年も、という気持ちが取っ組み合いの喧嘩をしている。土手の斜面、傷だらけで転がる2人は互いに声を掛け合う。

「お前やるじゃん」「お前もな」それ程、2つの気持ちがせめぎ合った。

できる限りの準備をして本番5分前、発声をしてみたら極度の緊張から、間抜けな、カエルのような叫びが出た。またこれだ。同じことのくり返し。わかっていても、こうなる。

絶望的な気持ちでトイレへ。簡易的な箱型のトイレは強烈なアンモニアの臭いがした。昔、自分が居た場所の臭い。もう二度と戻りたくなくて、凄く懐かしい場所の臭い。あの臭いを嗅いで、覚悟を決めた。

ステージには去年よりも多くの人。たとえ、次に出るアイドルを待っていたとしても、そこに居てくれることに変わりはない。なんか強く残るものを叩きつけたい。それでも体は固く閉じて、一番初めのMCを見送ってしまった。

曲が始まって、必死にひっかかりを、ステージに立っていられる理由を探す。歌がひっかかる場所を見つけた。そのまま足場を固める。歌いながら、わずかな隙間を広げて、強く掘っていく。穴が大きくなって、1ブロック終わったころには足場ができていた。

55分、なんとかやり切った。毎年絶望していたGRASSステージに、しっかり立てた。何回も同じ相手にやられてたまるかよ。とにかく最低限、やれたぞ。本当に嬉しかった。

周りも良かったと言ってくれた。ライブの後半、去年は涙のように感じた冷や汗が、今年はちゃんと暑かった。確かに汗が流れた。

綺麗な風の匂いがした。

帰りにパーキングエリアのトイレで用を足した後、たまたま一緒になった小川君の便器をのぞき込んだら仕上げにブルブル振っている段階で、その拍子にチンコを見てしまうというハプニングが。

いやいや、上機嫌なこの状態でも、メンバーのチンコはきついよ。いくらなんでもメンバーのチンコは。

彼のチンコも充実した表情をしていた。

8月12日

ライジングサンロックフェス。羽田空港にて、「中村様、お伝えしたいことがありますので○番カウンターまでお越しください」というアナウンス。アレ、たまに聞くけれど、告白でもされるのかと思って勝手にドキドキしてしまうよ。

搭乗口で、レーベルの長峰さん[54]から送られてきた大雨でグチャグチャになった現地の写真を見て引き返したくなる。

新千歳空港から会場までのバス。車内で野球中継を聴きながら、ライブのイメージトレーニング、なんてできる訳がないだろう。だって野球中継を聴いているんだから。

会場に着いて、楽屋で練習しながら本番までを過ごす。ステージまで車で移動。雨の中、こんな僻地に人が集まるのかという心配をよそに、大勢の人が居た。

本番、すこし吹き込む雨が気持ち良かった。ということは、良かったんだ。ちゃんと声が見えた。時々見失う瞬間があったけれど、それは見えているからこそだ。お客さんのお陰。会場を埋めたそれぞれのレインコートがライトのようで、特別な景色だった。

久しぶりに弾き語りのライブで押し込めた。気持ちを乗せて、力を抜くところは抜けた。体感よりも早く時間が過ぎて、ステージを降りるのが惜しかった。北海道まで来て良かった。

気分も良かったので、宇野君にそそのかされて別のステージまでライブを見に行ったら、ぬかるみに足を取られて靴が泥まみれになった。一緒にいたやついさんにおぶってもらってなんとかたどり着いたけれど、落ち込んで、暮れなずんだ。サンは、ライジングしなかった。

帰りは、宇野君におぶってもらった。おじさんの背中もたまには良いもんだな。

空港のバーで事件は起きた。おっさんが店員にブチ切れている。おっさんの絶叫によると、酒を飲み終わった後にお通しが運ばれて来て、会計時にチャージ料を請求されたようだ。それはそうだよ。先に出さないと。それは、おっさん怒るよ。そして、スイッチが入ったついでに「赤ワインの常温っていうのはね、燗をしたような生温いのとは違うんだ。ヨーロッパでは冷たい風に吹きさらしてこそ常温っていうんだ」とまくしたてる。おっさん、そこは落ち着いて、常温で言わないと伝わらないよ。

「で、どこに書いてあるんだよチャージ料のことはよ」とおっさん。「こちらでございます」と店の責任者らしき女性。「へぇ、だから何?」と怒りに任せて押しきるおっさん。

最後の、「で、どうすんの?」というおっさんの詰め方は凄まじかった。まるで、橋詰功!（刑事役のイメージが強いよね。なんかこの字だと、取り調べが激しそう）

無事にノーチャージを勝ち取ったにもかかわらず、まだ怒りが収まらないおっさんは、「酒を出す店ならワインの知識くらい持っとけよ！　失礼だろうが。樽に詰めて熟成させたろか！　そして時が来たら出荷して、気の置けない友との語らいの場に欠かせないアイテムとしてテーブルにそっと置いたろかー!」（後半は勝手に脚色しました）と、まだまくしたてている。

「ふざけるんじゃないよー」と、長渕剛の曲名をまろやかにしたような捨て台詞を吐いて、おっさんは消えた。

その後、不穏な空気の店内で注文を済ませて待っていると、頼んだのとは別の飲み物が運ばれて来た。問題のお通しも、小鉢にレタスが1枚敷かれていて、その上に小さなハムが「へへへ……」と申し訳なさそうに乗っているとんだ代物だった。

するとと今度は、作り直したビールをおぼつかない手つきで運んで来た店員が、フィッシュアンドチップスの上にビールをこぼした。まるで、「当店のフィッシュアンドチップスはテーブル上でビールを垂らして出来上がりでございます。カリッとした食感の後を駆け足で追いかけてくる麦の香りをお楽しみください」とでも言うように。

そしてそして、駄目押しに、「作り直しますね〜。あっ、それも食べちゃってください」とビールのかかったフィッシュアンドチップスを指して店員が言い放った。

おっさん、あんたは間違ってないよ。


東京に着いて、社長と、長峰さんと、飲みながら今後の話をした。前向きな話ができた。

すこしずつまた進みだした気がする。昨日今日と、ちゃんと息をしてる感じがする。このまま行きたい。帰りは歩いた。

8月13日

Ｊ－ＷＡＶＥへ。何を話すかまとまらないまま挑むのは、次があるという安心感のせいだ。緊張感を持たないと。

作ったクラフトビールが完成して、試飲したら、1本で酔った。Ｊ－ＷＡＶＥは地上33階にあるから酔いが早くまわるんだろうか。関係ないか。

家に帰って、レトルトのうどんの温め方がわからず発狂しそうになる。レトルトのうどんの温め方がわからずに発狂しそうになるなんて、平和だよ。幸せだよ。サザエさんを見ながら、うどん。サザエさんって本当に凄いよ。あんなに堅苦しい、がんじがらめで亀甲縛りの、団鬼六系の家庭を見ていると身が引き締まる。息苦しくてしょうがなくて、今を頑張ろうと思う。

たまたまテレビでやっていた映画『野火』を観て、懐かしい気持ちになった。こんな歌を作らなければ、と思った。作品を残すことは、犯すことに近い。悪い物は強い。

テレビを見て、本を読んで、曲を作って、文章を書いて、ウサギのうんこみたいに、色んなことをすこしずつやった日。

朝方、就寝サンダーライガー。

8月14日

昼に起きてから、テレビでオンエアするライブ映像の確認をして、出してる物と出てる物のズレに落ち込む。

曲作りをして、映画を観て、本を読んで、飯を食って。

とにかく曲のカスを貯めている。カスがないことにはどうにもならない。

くだらない漫画を読んで元気が出た。読んでも読まなくても、人生になんの影響もないような漫画なんだけど、だからこそ元気が出た。

8月15日

昼に起きて、飯を食って、雨の中スタジオへ。17日のライブに向け、セットリストを決めて練習をした。メンバーそれぞれが嚙み合わず、重たい体を引きずっているような演奏。雨の中帰った。

帰りに寄ったコンビニの店員が「ごめんね、今日商品少なくて」「箸は何膳要る?」「袋ひとつにまとめとく?」と親しげに話しかけてきて驚いた。思わず、知ってる人かと頭を働かせたけれど、心当たりはない。不思議だ。

『たそがれたかこ』最終巻を読んだ。どこかでまだ続いていきそうな、これで良かったと思える終わり方。というか、好きな物語に対してできるのはそれくらいしかないから。これで良かった、そう思って祈ることしかできない。

入江さん、長い間お疲れ様でした。ありがとうございました。

曲作り。すこしでも作っておきたい。またカスをひねり出した。

文章を書いて寝た。

8月16日

起きたら寝不足でフラフラする。小雨に濡れながら、松岡鍼。痛い、痛すぎる。でも良くなるのなら、と耐える。

J-WAVEへ。今日はメンバー全員での収録。終始ふざけ続けて、守備をせずに攻撃に徹した。好き放題いじり倒せて、尚且つ欲しい時に返してくれるメンバーに助けられ、良い収録になったはず。そんな手応えがあった。

赤坂のスタジオで、ドラマ「わにとかげぎす」の追加収録。急遽決まって、前回気になっていたところも、もう一度やらせてもらえた。

ブースの中で1人文字を追う瞬間は心細い。目で見て声にするまでの隙間に、わざとらしさが入り込む。iPhoneの保護フィルムに入り込む気泡のように。難しい。

家で本を読んで、弁当を食って、プロ野球に不貞腐れて、変な時間に寝てしまって、曲を作って、文章を書いた。

明日はライブだ。

8月17日

J-WAVE SPARK LIVE vol.3。起きて曲作り。結局はできなくても、その姿勢が大事だ。向かい合った時間が大事で、ギターを抱えて唸(うな)った時間がある一定に達した時に、皿が溢れてメロディーが垂れる。そんなイメージでやるしかない。音楽の神様はきっと見てくれているから。(イジってます)

川崎クラブチッタに着いて、飯を食って鍼を刺してもらって、体も気持ちも万全の状態でリハーサルに向かったけれどなんかおかしい。

モニターに噛ませているディレイの調子が悪くて音が決まらない。こうやって崩れるとすぐにイライラしてしまう。頭に血がのぼって、悪い物を、その理由を探してしまう。そんなことをしている暇があったらすこしでも良いところを探せば良いのに、わかっていてもそれができない。なかなか気持ちが戻らずに、時間は過ぎていった。

本番、お客さんに助けられながらどんどんライブが進む。らいぶがススムくん。このススムくん状態の時は悔しくなることが多い。期待して楽しんでくれているお客さんに、もっとゆっくり残していきたい。これ以上書いたって情けなくなるだけだ。ここまで書いたらもう手遅れだけど。

お客さんが本当に素晴らしくて、恵まれているな。男の子に「尾崎〜」って言われて「なんだよ」って強めに返したら変な空気になったり、あんなのは良いお客さんじゃないと成り立たない。あの瞬間は久しぶりにヒリヒリしていて、懐かしかった。

SPARKのイベントでまた必ずやりたい。そう思わせてくれる大事なお客さんだった。ありがとうございます。

その後のSHISHAMOが「ボーイズENDガールズ」をカバーしてくれた。憎たらしい程に良かったな。

落ち込んでいてやめようと思ったけれど、逃げるわけにはいかないと、重い体を引いて打ち上げへ。結局楽しくなってしまって、天下一品でラーメンまで食って帰った。

SPARKという番組には救われている。

朝方にべーやんが連絡をくれていて、ライブを褒めてくれた。本当だろうか。これは優しさだろうか。また必ずやって、その時に本当にすれば良いじゃないか。

あぁ、音楽の神様をイジったバチが当たったのかなぁ。（イジってます）

8月18日

朝早くに家を出た。1人で飛行機に乗るのは不安だ。1つ1つの行動に自信が持てずに、体の動きもぎこちなくなってしまう。空港でお土産を買おうとしたけれど、他の勢いのある客に押されて、なかなか商品をレジに持って行けない。

今回は、出発ゲートから機内までバスに乗らないといけないあの面倒臭いヤツだ。よりによってこんな時に。すっと機内に入れて欲しい。わざわざバスに乗って、降りて、逆ビートルズ来日みたいになるの面倒臭え。と思いながらも、やりましたよ。


本を読んだり、寝たりしているうちに、高知。

空港まで迎えに来てくれたさっちゃん、従兄弟の一平君、一平君の息子・理道。子供の頃、空港から市内までの長い道のりで、会わない間にあった出来事を報告し合う大人達の声に後部座席で聞き耳をたてるのが好きだった。

大人になった今は、助手席で話をする側になった。空港から市内までの道のりが、離れていた時間を埋める為の必要な距離に感じた。

ばぁちゃんの墓参りへ。本当に静かな場所で、何も聞こえないからか、耳鳴りのような音がする。静けさがはっきりと聞こえてくる。3歳の理道が「クリープハイプのおんちゃん、これ3本取るがで、決まっちゅうき。はよ取り」と線香の箱を差し出して言った。3本取り終えて理道を見ると、彼は当然のように4本持っていた。

ばぁちゃんに頼んでおいた。なんとかして欲しいことだらけだ。

真夏の高知は暑い。雨が降ったり止んだりして、地面から熱が立ち上がってくる。懐かしい街には懐かしい話がよく似合う。ばぁちゃんとまた飲みたい。

ＦＭ高知へ。久しぶりに岡本さんとゆっくり話せて嬉しかった。そのまま生放送を見学。岡本さんがＤＪとして喋っているところを初めて見た。番組が始まる直前までこっち側に居たのに、あっという間に向こう側に行ってしまった。それがプロなんだろう。

帯屋町へ。記憶を頼りに歩いた。（全然頼りにならない、箸で突いたらホロッと崩れ落ちそうなおぼろげな記憶）高知に行くと必ず、中学生の時に通っていた中津商店に行って、中学生の時に買っていたような物を買うと決めている。腕や足に付ける物。

そして愛宕町へ。いつだって、懐かしさでいっぱいになって窒息しそうになる。どこもシャッターばかりで悲しくなるけれど、新しくできて開いている店があって嬉しくもなった。頑張れ愛宕町。

マジック・バスで買い物。ここはいつも開いていて安心する。欲しいけれど、必要ではない物が多い。そういう物に惹かれる。買い物をして、店長とすこし話して、迎えに来てくれた一平君と店を出た。

南国の飲食店で飯。さっちゃん、一平君、一平君の弟・ユウイチ君、理道、そしてアキデのおんちゃんと。アキデのおんちゃんは、じいちゃんの兄さん。アキデのおんちゃん、元気そうで良かった。一杯付き合おうかと言ってくれて、一緒にビールを飲んだ。

顔を真っ赤にして、差し出したiPhoneの1球速報を見つめるアキデのおんちゃんはもう80代だ。微かに手が震えていて、画面の中のストライクとボールが揺れる。巨人ファンのおんちゃんの為に、巨人を応援した。「こりゃもういかん」がどうにかひっくり返らないものか。相変わらず、理道は元気に走り回っている。飯を食って、駐車場で解散。それぞれの車に乗り込んでいくあの感じに、寂しくなる。

おんちゃんは、なぜか「結婚はよしーよ」と言い残して行ってしまった。

ホテルまで送ってもらって車を降りた。振り返ると、理道が、窓から出した小さな手を振っている。夜の繁華街には子供の声がよく響く。

高知にはちゃんと居場所があるな、と誇らしい気持ちでホテルにチェックイン。

2017年8月

巨人が逆転勝ち。アキデのおんちゃん、やったな。

着いてすぐ、変な時間に寝てしまって、目が冴えた深夜。街を歩くことにした。ホテルの前で、ゾンビのような酔っ払いが体をくの字に折り曲げている。薄暗いアーケードでストリートミュージシャンを見つけて立ち止まったけれど、その場を離れるタイミングに困った。他に客は居ない。途中で帰るのも感じが悪いし、せめて曲が終わるまでは、と思って見ていた。さ、終わるぞ、恩着せがましくない大人の拍手をして歩き出そう。と思ったらまた始まった。あっ、まだか。焦りすぎた。落ち着いて歌を聴こう、よし、今度こそ終わるな。完全に終わりの気配だ、拍手をするぞ。と思っても、また始まる。まだサビが続く。気持ちよさそうに歌ってる。もう腹が立ってきた。終われよ、この野郎。よし、終わりか。やっと終わりか。と思ってもまだ続く。サビ多いな。しっとりしたところから抑揚をつけてダイナミックなサビ、それはわかるけども多いよ。終われ、早く。一定の距離を保ってストリートミュージシャンと睨み合い。ようやく曲が終わった。よし、拍手だ、これで気持ちよくお別れだ。と思ったら、彼は足元の楽譜を見ている。見てよ、俺の拍手を。ちくしょう、なんだよ。

深夜2時を過ぎているとは思えない程に、とにかく人が多い。街が元気だ。ギンギラギンにあからさまだ。路地裏の室外機に腰掛けた客引き、道路の真ん中に座り込んで溜まっているホスト、スナックから出てくる客とホステス。ギラギラしていて飽きない。楽しい迷路。

通りに並んだ屋台では、誰もが楽しそうにしている。腹が減ってポケットを探った時、ホテルに財布を忘れてきたことに気づいた。

帰り道も楽しい。街全体が夜を引き延ばしているようで、嬉しくなった。ホテルに帰ってもしばらく眠れなかった。

8月19日

朝に高知を出発。さっちゃん、一平君、理道とコンビニで買い物をしてから高速で香川を目指す。とても、これからフェスでライブをするとは思えない穏やかな心境で会場入り。弦が2本しかないオモチャのギターを肩に掛けた理道が一平君に抱き上げられて、その後ろを、南の島の貴婦人が被りそうな帽子を頭に載せたさっちゃんが歩いている。

ステージ袖からライブを見ていて刺激されたのか、理道がオモチャのギターを取りに戻って、それを肩からかけた状態でまたライブを見ていた。どうしよう、バンドマンなんかになってしまったら。クリープハイプのおんちゃん心配だよ。

楽屋で声を出していたけれど、音が反響しないせいか調子が悪い。意地になって続けていたらすっかり駄目になってしまった。

本番は暑い日差しの中で、時々風が吹き抜けた。なかなか音が決まらずに苦労したけれど、徐々に慣れて余裕が出た頃、蝶々がギターにとまった。あぁ、なんか良い場面だと思う暇もなく「あっ、間違えた、ここじゃない」という感じで、一瞬で飛び去った蝶々。切ない情景。

遠い場所にあるステージを埋めてくれたお客さんに、大きく感謝。

帰りは東京の天候が荒れていて、揺れて、遅れた。ここまでの揺れに、「一切安全上の問題はありません」と断言されると、逆に心配になる。「かなり揺れていて、若干不安ですけど、ここは意地でなんとかしますので信じてください、プロとしてやってみせますから」これ位の方が安心だよ。いや、それはそれで不安か。子供がずっと泣いていた。あんなに長い時間泣き続ける力があるなんて凄い。素直にそう思った。あと、すこしだけ、うるさいなと思った。

家でコンビニで買ったカップのうどん。高松で食えよ、と自分に自分で有森さん突っ込みをして、寝た。楽しい2日間だった。

8月20日

疲れている。疲れた体に鞭（むち）でなく、鍼を打って幕張へ。初めてのサマーソニック。今日は楽屋で流れる時間のスピードが遅い。メンバー、レーベルや事務所の皆とくだらない話をする余裕もある。

本番、覚悟はしていたけれど客入りが寂しい。フェスに出てお客さんが居ないということに対する耐性ができていないから、どうして良いかがわからない。今までの当たり前が、いかに凄いことか身に染みる。こうなる前にわかっとけよ、調子に乗っていたな。

それでも、居てくれるお客さんを大切にしたいと思ったし、大切にされたいと思った。選んでもらえなかった悔しさと、選んでもらえた幸せを感じた。

今日をしっかり覚えておこう。

8月21日

午前中に電車に乗って出発。この時間に電車に乗るのは珍しい。午前中と言っても、もう昼前で、街も人ものんびりしている。車内にも、諦めのようなゆるい雰囲気が広がっていて、すこしホッとする。

特急スーパーあずさの発車時刻まで、1時間空いてしまった。新宿の街をうろうろする為に改札を出る。人混みに面食らっても体が覚えていて、目的地まで最短距離の出口を目指して階段を上った。本屋で2冊、必要な本を買った。大展開されている売れ筋商品の前から顔を背けて、その前を足早に通り過ぎるのは面倒臭い。何より、そんな自分の器の小ささが面倒臭い。

松本駅からもう1本乗り継いで目的地へ。[55]1年近く気になっていたことを、この目で確かめられた。踏み切り付近の道幅は、明らかに人よりも車の為に作られていて、耳障りな音と一緒に下りてくるバーは、等間隔に停車した車にペコペコ頭を下げているようだった。

田んぼの上は緑で覆い尽くされて、その中心に大木が立っている。朽（く）ちたヒマワりや、用水路の水音、空は広くて雲が近い。そして目的の物。黒い布で覆われた檻の中には生き物の臭いと微かな物音だけ。たまたま出てきた作業員の方に声をかけて中を見せてもらった。

実際にこの目で見て、たまらなくなった。この気持ちを必ず書かなくてはいけない。

片道4時間半かけて、滞在時間は1時間。それでも満足だった。電車の中の学生が楽しそうで、見ているこっちが嬉しくなるほどだった。いや、そこまでじゃねーか。人の幸せなんて、ケッ！

帰りに駅員と言い争いになった。散々やりあって、改札を出てみどりの窓口で乗車券を買った後に、またあの改札を抜けなくてはならないことに気がついた。

どの面下げて通ればいいんだろう……。

この面だよー！！　と、開き直って鬼の形相を作る。

その直後に、また気がついた。財布がない。まただ。1人で遠出すると財布がなくなるのは何故だろう、と絶望していると、あのアナウンス。

「オザキユウスケ様、お伝えしたいことがありますので改札付近までお越しください」

この前空港で聞いたアレが、まさかこんなところで。

馬鹿面下げて財布を取りに行った。恥ずかし過ぎて、恥ずか死するかと思いました。

8月22日

曲作り。高校野球。曲作り。

ユニバーサルで打ち合わせ。打ち合わせが盛り上がったら出ることにしましょうと言われていたけれど、大盛り上がり。後に引けなくなった。あんなに楽しく話せたのは久しぶりだったけれど、本番が不安だ。やるのか、やるんだよな。やろうか。

スペシャへ移動してスペシャのヨルジュウの生放送。

真中監督辞任についての色んな記事を読んで、寂しくなる。

8月23日

昼からスタジオへ。新曲のカスを並べて、音にしてみる。良いだろうと思っていた物がそんなに良くなかったり、そんなに良くはないだろうと思っていた物が意外と良かったり、不思議だ。これから曲カスを曲にする作業が本格的に始まる。ようやく動き出した。

社長、小川君、とーると東京ドームへ。入口で伊賀さんと合流。2軍、イースタンリーグの巨人×ヤクルト戦。予想以上に観客が居て驚いた。伊賀さんが取ってくれたバックネット裏の席は最高だった。

1回表の攻撃、1人、応援団さながら声を張り上げているおじさん。2軍の試合に出ている若手にも、1軍で活躍する選手の応援歌を上手く流用して割り当ててやる優しさ。乾いた打球音と乾いたおじさんの声が、胸と耳を締め付ける。

その後、すぐにおっさんはどこかへ行ってしまった。もしかしたら神宮へ行ったのかもしれない。そう、今日はすぐ近くの神宮球場で1軍の試合をやっている。それなのにこうして2軍の試合を見ているというのは、カップラーメンにお湯を注がずにそのまま食べてしまうような気の早い人間だ。

伊賀さんと2人、iPhoneを並べてそれぞれ巨人戦、ヤクルト戦の1球速報を見ながらの観戦。やっぱり気になるんじゃないか。お湯欲しかったんじゃないか。ちゃんとしたカップラーメン食いたかったんじゃないか。

社長も久しぶりの野球観戦を楽しんでいたようだ。途中、小便を我慢していたけれど限界が来てトイレへ。その瞬間、運悪く、代打三輪が告げられた。三輪が見たい。下腹に力を込めて勢い良く放尿。まだまだ終わる気配がない。こんなにも出るのか、と驚いた。三輪が見たいのに、溢れる尿。すこしでも早くと、とめどなく、便器に打ち付ける。ようやく終わったけれど、まだ油断はできない。これは後からジュってなる可能性もあるぞ。あれだけ出たら、まだ残っている可能性がある。細心の注意を払って、残りの尿を搾り出した。

トイレを出て確信、やっぱりそうだった。間違っていなかった。何故ならほんのすこし出たから。(出たんかい!)

試合途中、伊賀さんと別れて打ち合わせへ。伊賀さん、ありがとうございました。

野球に行っていたメンバーとカオナシ、タクさんとレーベルの青田さん、長峰さん、東さんとの打ち合わせ。書けないことが多いけれど、書けないことがない打ち合わせなんて意味がないよな。

最後は長峰さんの家に皆で押し入って、すこしだけ過ごして帰った。特に意味のない最後以外は、有意義な1日だった。

かっこわらい。

8月24日

昼過ぎにBARFOUT!の連載「ツバメダイアリー」でニッポン放送アナウンサー、新保(しんぼ)友映(ともえ)さんと対談。司会進行は、週末の草野球で痛めた足を引きずっている山崎さん。(今シーズンの盗塁数95。走り過ぎ)
ある一定の水準を超えた人、花粉症になる瞬間のように、自分が夢中なものに対して「好き」という感情がちゃんと皿から溢れている人と話す時の勢いは凄まじい。躊躇(ためら)いなく蛇口を全開まで捻(ひね)った時の、手に伝わってくる水のその振動が心地良い。
しっかり予定をオーバーして終了。新保さんが真中監督のサイン色紙をくれた。背番号77のサイン色紙、大事にします。

この連載で、色んな人と繋がることができている。山崎さん、いつもありがとうございます。

河出書房新社へ。ビルが格好良くて、ちゃんと歴史で汚れていた。入りたいけど入れない、帰り道、入ってこれるなら入ってこいと緊張感のある明かりが漏れるバーのような文芸誌、文藝。編集長尾形さんと、編集の竹花さんと1時間以上話をした。書きたくなった。なんかに繋がると良いなと思った、なんかに繋げたいと思った。

帰り際に、会議室から見える、壊れかけのRadioならぬ作りかけの新国立競技場を見せてもらった。中はあまりにも壮大で、笑ってしまう程に頼りなくて、作ってるのか壊してるのかわからなくなる程だった。なんでも、こうやって破壊から始まるんだな。まずは壊さないと作れない。壊すということは作るということの下地。壊す勇気がないのなら、作る資格がない。まだまだ壊さなければいけない物だらけ。

家に帰ってから、狂ったように読んだ。今は本を読む、ということが近い。いつでも読めるこの状態を大事にしたい。そして文章を書いて、朝方に寝た。

8月25日

起きてすぐ、神宮球場のチケットが完売していることを知った。なければ、それはそれで、凄く行きたくなる。やむを得ず金券ショップに電話。

「はい、いらっしゃいませ〜。野球のチケットありますよ。取り置きはできませんよ。お店でゆっくり見てくださいね。それが一番ですからね。はい、いらっしゃいませ〜」と言われて一方的に電話が切れた。確かに気になる事柄は全部知れたけれど、なんだか釈然としない。

たまたま近くに居た小川君にチケットを買いに行ってもらったら、「チケット無事に買えた。店員なんか変な人だった」と連絡が。やっぱり、やっぱり変な奴だろう。そうだろう、あれは。

人の好意を横から掠め取って金儲けをする奴らは許せないけれど、土台にあるこの好意は揺るがないものだ。どうしても欲しい、の「どうしても」は、一番わかりやすくすると、金なんだろう。

生ビール半額ナイターならぬ、生ビール半額泣いたー。

また負けたんだ。途中あまりにも悔しくて、本気で怒ってしまって、みっちゃんも小川君も呆れていた。（この様子は8月28日放送のSPARK内で、小川君のバース・デイ風のナレーションで紹介された）

怒り過ぎて、機嫌を戻すに戻せなくて困った。迷った末に、後半の追い上げに乗って、グラデーションをつけて機嫌を戻していった。最後のバレンティンのホームランの時には、ちゃっかりしっかり喜んでいた。

気分が乗らず、飲まずに解散。みっちゃん、ごめんな。

8月26日

寝苦しい。警備員のアルバイトをしていた時に、地下の資材置き場で休憩中に昼寝していた時の感覚が蘇る。サウナのように熱気がこもって、安物の制服がザラっと皮膚に擦（こす）れる度に、噴き出した汗が背中を伝う。息を吸うと肺が熱くて、その度にヒリヒリした。

J－WAVEへ。前回の、メンバー全員での収録の気持ちよさには程遠い。

帰り際に、元番組ディレクター木下さんと立ち話。そのまま見送りに来てくれた。

優しい人なんだ。

髪を切りに美容院へ。お店の人も感じが良くて、好きだ。谷本君は、今日も髪を切りながらしきりに話しかけてくる。純粋に、真っ直ぐに話しかけてくるから、心地が良い。ただ、雑誌を読んでいるけどな！　谷本君が俺の好みに合わせて置いてくれたのであろう雑誌を手に取って、俺は読んでいるけどな！　合わせて選んでくれただけあって、内容も結構面白いしな。

「気にしないで、読んどいてください」という言葉を信じて、パラパラとページをめくっているよ。最後の方は、本読んでて良いって言ってたし、これはもしかして返事しなくても成り立つのかと試しに返事をしないでみたら、最後にシャンプーをしている時に「最後話聞いてくれてませんでしたねぇ」と言っていた。

ギャー！

総じてなんか良い。音楽が好きで人が好きで、髪を切ることに野心と思いやりを持っている。切っても切れない縁を感じる。髪だけにー。

この美容院で出してもらうコーヒーが凄く美味しい。帰りに、コーヒーの容器を片手に代官山の街を歩いている自分を俯瞰で見て発狂しそうになった。あぁ、今すぐ西日暮里の街を、デカビタCの瓶を片手に歩かなければ収まりがつかないよ、これ。

帰って、コンビニの餃子、塩むすび、牛乳寒天(みかん入り)。あのコンビニの餃子、ビニールを剝がしたら必ず底が油でヌルヌルしている。そこが嫌だ。そこを直して欲しい。底だけはヌルヌルしないで欲しい。だってテーブルに置いたらテーブルがヌルヌルするってことだろ。ちょっと、そこがね。素行が悪いね。今後も良い付き合いを続けていく為に、底は直してもらわないと。そこだけは。

塩むすび、牛乳寒天は言うことなし。

本を読んだり、明日のことを考えたり、気がつけばもうこんな時間だ。明日だ明日。

大事だぞ、そんなこと、わかってるよ。

8月27日

さぁ、来ました。車で会場へ向かう間も奥歯を嚙み締めていました。期待と不安が入り混じった表情をしていたと思います。

会場に着いて、椎木[56]と話をした。久しぶりに会ったけれど、相変わらずだった。落ち目のオワコンを変わらない眼差しで見てくれるのはありがたい。

準備をして、本番。やっぱりここは良い。ずっと出してもらっているし、家感がある。実家のよう。ずいぶん広い家。自分の声が跳ね返って来て、気持ちが良かった。お客さんに感謝しなければいけない。頭を下げて、ステージから楽屋へ戻る道が愛しかった。

石田さん[57]も光岡さんも、良かったと言ってくれた。すこしは返せただろうか。

終わってからいっぱい飲んだ。今年は打ち上げにまで出てしまった。

また来年も出たい。出たいなぁ。なんとか、出たい。あぁ、出れないかなぁ。出たいなぁ。SWEET LOVE SHOWER!

8月28日

昨日のライブについてまた書かれている。自分では納得しているだけに、不思議だ。悔しい。

長い文章を書いた。大枠を固めて、後で細かく削る作業を残して、今日はここまで。粘土のようなもので、後はヘラを使っての作業だ。

近所のバーへ飯を食いに。あぁ、近所のバーに1人で飯を食いに行って軽く飲むなんて、良い感じだ。超良い感じじゃん！

なんだよこれ、書いてみたら恥ずかし過ぎるよ。

DIGAWEL西村浩平さんに電話。久しぶりに会って、飲み屋へ。話しているうちにだいぶ元気になった。どうでも良くないことに向き合う為にどうでも良い話をする。どうでも良い話は、どうでも良くない人とじゃなければできない。

どうでも良い人には、どうでも良い話はできないんだ。必要な時間だった。

それと、どうでも良い話だけど、いつまで経っても居酒屋で元気に店をまわしている看板娘風の女性には引け目を感じてしまうな。あと、看板娘、大体声がハスキーだよね。

どうでも良くない日だから、こうして書いた。

8月29日

昼から、集英社伊藤さんと飯を食いながら打ち合わせ。思わぬところからきっかけが落ちて来た。こういうことがあるから、会って話すのは大事だ。有意義な時間だった。しっかり形にしたい。

東京都写真美術館へ。展示を見ている間は余計なことを考えなくて済むから幸せだ。いかに、普段余計なことを考えているかがわかる。写真なんて意味がわからない。理解のしようがない。だから見ていて楽だし、楽しい。

浅草へ向かう電車の中で、宇野君に駅で待っててくれと連絡をしたら、到着時刻が同じだった。これはちょうど良いと思い、今通過したばかりの駅を伝えたらなんかおかしい。逆だ。反対に向かっている。慌てて降りて、引き返した。

散々待たせて、歩いて会場へ向かう。宇野君、本当にごめんね。ショートフライを頭に当てて落球してしまったあのエラー、許すから。

「ザ・フランス座3」へ。「水道橋博士」と「松村邦洋」、お2人の話にただただ笑っていたら勝手に時間が過ぎた。小学生の頃、毎週日曜に電波少年を見ていた時の、めちゃくちゃな番組内容と明日からの憂鬱が混ざり合ったあの感じを思い出した。

挨拶に行かせて頂いた時に、博士が松村さんに耳打ちをした。宇野君を指して、

「彼、知ってる？　元……関ジャニ……」

「あぁ……そうですかぁ」

このくだりが好きすぎてたまらない。

ひゅーいが合流して、浅草で飲んだ。久しぶりのひゅーいは安定のかわいさ。ワインの残りを気にしながら、くだらない話をした。足りずに喫茶店に行って、時間ギリギリまで食って飲んで、懐かしくて楽しい時間を過ごした。

なんかを始める助走のような1日。

今日を使って高く跳ぶ。

8月30日

起きたら具合が悪い。やってしまったと不貞腐れて、二度寝をして起きたら治っていた。前にもあったな。これ、なんなんだ。とにかく、助かった。

曲作りと読書。

飯がうまかった。

8月31日

朝に起きると眠い。当たり前だ、朝に寝てるんだから。

渋谷で、ミネさんが出す新しい本の撮影。悔しくなる程良いものができそうで楽しみだ。

めずらしくギンガムチェックのシャツを着た神田さん、カメラマンの嶌村吉祥丸(しまむらきっしょうまる)君。良い企画に良い空気を持った人が関われば、良い物になる、という当たり前のことを確認した。作品は人が作る、そして人の為のもの。

終わって外に出たら、ずっと降っていた雨が止んでいた。

久しぶりに事務所の社長室の変なソファーで寝たり、仕事をしたり、読書をしたりした。あのソファーが好きだ。

下のライブハウスから聞こえてくる知らないバンドの音が、余計なことを思い出させる。ガラガラのライブハウスでダラダラやっていた頃が寝込みを襲う。そもそも、実際に客入りを見てもいないのにそんなことを思い出すのは失礼だろう。でも、壁を伝ってよじ登ってくる知らないバンドの音は、凄く寂しそうに響く。

家に帰って曲作り、読書。やるべきことが間に合っていないのに、読んでいる本に気持ちを揺さぶられて大変だ。美味い飯を腹一杯食って残せる幸せを噛み締めて、今から寝ます。

232

9月1日

昼から鹿野さんと池袋へ。ＭＵＳＩＣＡの連載「東京世界観」の取材。

昼間からラブホテルに向かう中年カップルや、ミニスカートからＴバックを見せて怪しげなビルに入っていくおばさん。挙げればキリがない程に、向こう側の人を見た。自分が越えないようにしている線の向こうに、こんなにもたくさんの人がいるんだな。

当たり前なんだけど、実際に目で確かめると刺激になる。新宿に通じる汚さ、地面や壁の染みに説得力がある。ただ眉をひそめるのは失礼というか、なんだか敬意を表したくなる汚れだ。

懐かしい地下道を通って、サンシャイン通りからサンシャインへ。人に酔って疲れた。すこしずつ、街全体が秋葉原に近づいているような気がする。人と物が溢れていて、歩いているだけで満腹になる。鹿野さんと2人でぐったりした。刺激的な街。

耳鼻科へ。渡された紙を売人（薬剤師）へ差し出す。「いいか、これはよく効くから、最初は半分に割って飲め。それからすこしずつ増やしていくんだ。いっぺんに飲んだら大変なことになるぞ」と説明を受けて新しい薬をもらった。効きますように。

スタジオへ。新曲を試しているけれど、なかなか形にならず大幅に遅れそうな予感。項垂れて扉を開けると大雨。

その他、良くないことが重なる。

夜に発熱、最悪の日。

9月2日

鍼。そしてJ－WAVE。全く喋れず最悪な結果。すべて投げ出してしまいそうな、大事MANブラザーズバンドが聞いたら「おい、ふざけるな」と怒り狂いそうな程の状況。

まさに、駄目になりそうな時。

9月3日

大阪へ出発。新幹線で寝る時に首を痛めないよう、座席と首の間にタオルをはさんでみた。タオルの位置が定まらず、気になって全然眠れなかった。オーマイガー。今日はＯＴＯＤＡＭＡ。食欲がなくて、本番まで落ちつかない。それでも、バックステージにまで洒落が利いていて、居るだけで楽しい。

体の調子は良いのに中身が追いつかない、そんな状態でステージへ。

横殴りの風で口の中が乾いて、歯に張り付く。まずは口を開けるのに一苦労、そして砂埃がチリチリ喉に刺さる。劣悪な環境にしがみ付いて、なんとかやった。置いていかれないように必死だった。夕方から夜になる、本当に良い時間帯。前回のＯＴＯＤＡＭＡも似たような空だった。でも今回は、お客さんが違った。暗くなっても、しっかり熱でわかる。目で見えなくなった分、強くわかる。つくづく、夜は凄いと思った。薄闇に向けて、張り付いた口をこじ開けて歌った。砂の音や感触が口に広がって、まとめて吐き出してまた歌った。

　前回、負け犬のような状態で空港に向かう車中、「バンド」という曲の歌詞の土台ができた。すこしだけ涙が出て、それは欠伸（あくび）だと言えばそう思える程の量だったし、実際に欠伸だったのかもしれない。とにかく、情けなかった。空港の手荷物検査場で係員の女性に呼び止められて、こんな時に引っかかるのかと投げやりに振り向いたら、「ファンです、応援しています」と言われた。嬉しくて、ポケットの中のスタッフパスを、係員の女性に渡したのを覚えている。それを気まずそうに、でも嬉しそうに受け取ってくれたのも。

　今年は涙も出さずに、ヘラヘラしながら帰った。本当に毎回大事な時間帯にやらせてくれる清水音泉の清水さんには感謝している。いつか必ずトリをやる。

　峯田さん、圭介さん、よなよな…鈴木さんと原さん、兵庫さん[58]、色んな人に会えた。

　1人京都で下車、ホテルにチェックイン。せっかくだからと、四条河原町まで出て飲み屋街を散歩。京都の街は歩けば歩くほど寂しくなる。あ、1人だ、と思う。

　散々歩き回って、結局ラーメン屋に入った。ラーメン、ご飯、餃子、杏仁豆腐、ビール。食っても食っても埋まらなくて悲しくなる。とにかく不味いんだ。杏仁豆腐なんてスプーンですくうのが虚しくなる程の量だった。まわりを見ると、店員も客も、「これで良い」という空気を出している。じゃあ良いよ、それで良い。枯れ木のようなおじさんが忙しそうに動き回ってる。不味いのに、忙しそうにしてる。ホテルで缶チューハイ。飲んでも飲んでも足りない。腹だけが膨れる。

とにかく無事にやれて良かった。風、次はあんまり吹くなよ。

9月4日

緊張している。腹が減っているのに食欲がない。結局、時間になるまで部屋で丸まっていた。シャワーを浴びて歯を磨いて、鼻毛を切って髭を剃って、下に降りた。

小説すばる編集の伊藤さんと合流してエレベーターに乗ろうとしたら、偶然そこで花村さんに会ってしまった。お化け屋敷のお化けに遊園地の入口で会ってしまったような気不味さ。

お化けではないけれど、化け物だ。文章の化け物。多大な影響を受けてきた小説家、花村萬月さん。

笑顔で握手をして頂いた。10代から20代にかけて、いつも勝手にせり上がってくる膿んだ感情に文字で名前を付けてくれたのが花村さんだ。結局名前はない、という名前。あの、言葉を追い越すような立ち上がりの速い暴力に、ずっと憧れている。ホテルの部屋で1時間半の対談をして、文章を書く上で大事な話を聞いた。何を言われても仕方がないと思って来たけれど、ただ嬉しい時間だった。

1度目はあっても、2度目は難しいだろう。またこんな日を目指して、とにかくやりたくなった。ありがとうございました。

明け方、文章を書きたくなって必死になってみたけれど、どうにもならなかった。入ってしまったスイッチを止める訳にもいかず、書きたいという音がホテルに虚しく響いていた。

9月5日

眠れずに朝、ホテルの窓から見える木を眺める。風の音と、前の日を引きずった重たい瞼(まぶた)。自分1人だけが昨日のまま。

カーテン越し、風に吹かれる木に、どうしてもなんか惹かれるものがある。反対側、揺れる木の影と陽射しを、壁がぼんやり浮かべている。大切なものを見た気がして、記念に動画を撮った。録画ボタンのポン、という間抜けな音が恥ずかしい。
ホテルを出発。駅の本屋で小説を買って、読みながら帰った。駅の本屋に置かれている小説に嫉妬してしまう。あの規模の本屋に置かれてこそ一人前だろう。悔しいから薄目で棚を見たけれど、結局わかってしまって落ち込んだ。とにかく、売れたいよ。
#ハイ_ポールの収録。もう、あとわずか。ゲストもゆかりのある人達で、楽しかった。しんみりした空気に馬鹿なフリをして、普段通りに終えた。どう考えても楽しくて、居心地が良くて、嫌になる。これなしでこの先やって行けるだろうか。寂しさに飲み込まれる前に、さっさと帰った。
本当にかけがえのない、大好きな仕事だ。

9月6日

寝て、起きてのくり返し。あっという間に出発の時間が来て、雨の中スタジオへ。傘をさすかささないか、微妙な小雨だ。それでも降っていることに変わりはないんだ。さしたい。さしていい？　通りすがりに、こんな雨でさしてんじゃねぇよこのフニャチンが！　っていう目で見ない？　これ位の雨の時に傘をさしたら、えっ？降ってないですよ？　っていう空気出すのやめてくれよ。降ってるんだよ。降ってるか降ってないかで言えば、確実に降ってるよ。

新曲を形にする為の作業。5時間やって、すこしだけ。どこかの胡散臭い歌詞（主にラブソング）の中のいい具合に含みを持たせた都合の良い「すこしだけ」とは大違いで、この場合は最悪だ。収穫がカス。結果が欲しいんだ、結果が。雨降りで湿気まみれ、スタジオ内はおじさん達4人の臭いで満たされて、空気が疲れてる。

帰り道、iPhoneを耳に当てながら歩く。癇(かん)に障る実況と解説に導かれるように打たれたサヨナラホームラン。その瞬間、実況が言った。

「逝ったー」

そして、乱暴に突っ込んだせいでポケットから落ちてiPhoneの画面が割れた。

最悪だ。雨の中、項垂れて、それでも歩く。

9月7日

iPhoneの機種変更へ。この為に、慣れない作業に苦闘しながらデータバックアップ等の準備も済ませていた。なのに足が重い。ずっと使っていた物を変えるのは大変だ。新しくなる喜びよりも、変わってしまう不安の方が大きい。

もうすぐ新商品が発表される影響で出荷が止まっていて、目当ての機種がなかった。これで良かった、と一安心。俺のiPhone、もう離さないよ。愛ｐｈｏｎｅ。機種変更はせずに、割れた画面を修理に出すことにした。

飯を食いに餃子の王将へ。店内の汚さが気になって集中できない。厨房の中の薄汚れた流し台が気になる。いや、実際は薄汚れてはいなかったかもしれない。嫌ではっきり見てはいないから。もう、厨房の中に低めの流し台があると、無条件で汚いと思ってしまう先入観があるんだな。後は、野菜が剥き出しのカゴにぶち込まれてるのも気になる。(気にするな、どうせお前野菜食わねぇだろ)

カメラのキタムラへ。ガラスの交換をするにはまず検査が必要で、それを通過して作業に取りかかっても、最終的に新しいガラスと中の基板が合って正常に作動しなければ新しい物と交換になるらしい。おい、それじゃあ意味がないんだ。それは避けたい。

そして、ガラスの交換をするにはｉＯＳをアップデートしなければならないと言われて、出直し。

それにしても、二言目には「データが全部消えるかもしれません」だ。消防士が、今から消火活動を始めますが全焼するかもしれません、とは言わないでしょう。不安だ。

スタジオへ。今日も５時間。雨の中、おじさん４人は頑張った。ずいぶん進んで、大満足。こうして積み重ねた物も、いつか全部消えるかもしれませんが、その日までやるだけ。

９月８日

昨日の夜に済ませたアップデートと、写真の整理。データのバックアップも万全で、ずっと悩まされていたストレージ問題も解決した。ちゃんと調べて根気よくやればできるんだな。使用可能のストレージの多さに嬉しくなって、コンビニで酒を買って祝杯をあげた。

そして2度目のキタムラ。今日の店員さんは昨日の店員さんよりも「データが消えます」度が強い。消えます、消えます、まるで坂上二郎のようだ。

確率で言えば何%かという問いかけにも、「やってみないとわかりません」と頑なだ。やってみないとわからないなら、やってやろうじゃねぇかよ。同意にチェックをつけて署名をした。

全てを預けてキタムラを後に。

ユニバーサルでシャレ雑誌のインタビュー。ついに！　もう俺には来ないものだと思っていたから嬉しい。丁寧に訊いてもらえて、言いたいことが言えた。前半迷いがあったけれど、後半は核心に触れた。初めからではなく、徐々にたどり着いた答えだからこそ信頼できる。緊張感もあって有意義な時間だった。元気になった。

J-WAVEへ。今日は峯田さんに電話インタビュー。電話は独特の距離感だ。顔が見えないぶん生々しくて、自分の中にあるその人が浮き彫りになる。

今日は全体的にやれた。話す題材がしっかりあっただけに、前半が悔やまれる。

そして、iPhoneが返ってきた。後ろは今までの塗装が剝げた状態で、前はガラスが新品になって鏡のよう。何だか異様なiPhone。整形したって性格までは直らないということか。とにかく、良かった。1回落としただけでこんな面倒なことになるなんて。事務所の皆さんにも散々迷惑をかけた。本当にありがとうございます。スポンジでできたiPhone出ないかな。

移動して、鍼で串刺しに。痛い、けれど良くなるならばそれも快感。痛い、もう1本。

スタジオで練習、真面目にやった。学祭シーズンなのか、高校生の集団がロビーに溜まっている。それを見て、トイレに行きたかったけれど引き返した。頃合いを見てまたトイレへ。まだ居る。諦めてトイレへ。

「あれそうじゃない？　髪型同じじゃん」

「え……どうする？　そうかな？」

「そうだよ。あれ。うわー」

予想通り、始まった。1人なら絶対に言わないはずなのに、集団になった時、絶妙にこっちにまで聞かせる音量で繰り広げられるあの会話。そんな時はいつも、指名手配犯になったような居心地の悪さを感じる。

iPhoneをアップデートしたせいで、メモの文字入力がおそくなってしまい、イライラする。この日記を打ち込むのも凄く面倒だ。これは大問題だ。文章は全部iPhoneのメモで書いているから、仕事にならない。

やけに綺麗な新品の液晶画面が、無駄に光っている。

9月9日

栃木でベリテンライブ。去年はマイクに感電していて、我慢して歌っていたら腕まで痺れてきて、泣く泣くマイクから口を離した。悔しいと思っていたところに、またすぐにオファーをもらえて、それがすごく嬉しかった。

本番、ステージから見えるクリープハイプのタオルが心強い。なかなか摑めず、試行錯誤しているうちに時間が過ぎて行った。

途中、マイクにトンボがとまった。晴天の夏の午後、マイクにトンボが止まるなんてロマンチックだ、と思ったけれど、良く見ると怖くて気持ち悪い。あんなに間近でトンボを見たのは初めてで、引いてしまったよ。

汗が落ちて、聴いてくれる人達が目の前に居て、40分があっという間に過ぎた。ファンの人達を愛しく思った。それは、そうではない人が居てくれるお陰だ。興味なさそうに虚ろな目をした他のバンドのお客さんを見れるのも、フェスの醍醐味。またやりたい。もっとできることがあるはずだ。ベリテンに出ると、足りない部分がよくわかる。また必ず、次はもっといける。
帰って薬を飲んだら、副作用で体がおかしくなった。合わないんだな。それでも良くなるのなら飲みたい。いつかまた、死ぬほど大きな声で歌いたいんだ。

9月10日

MUSIC COMPLEX。若洲公園は暑くて、夏が盛り返していた。松岡さんの鍼。テントの中、おじさんが床にマットを敷いて、汗まみれになっておじさんに針を刺している。怪しすぎるよ馬鹿野郎。
食欲がなく、弁当を二口だけ。本番、ステージから見た景色はとても良かった。ロックフェスという不明瞭な場所だからこそ、そこが居場所か、そうでないかはすぐにわかる。この日は安心してやれた。

相変わらず、めちゃくちゃに当てずっぽうでやったけれど、それなりに当たる瞬間が増えた。音楽が、表現が、わからないんだ。答えを知らないのにステージに上がる恐怖と言ったら。正解を知らないなりになんかを残したい、そうやってもがいているところを見せる。今は一所懸命にそれをやりたいし、すこしずつ伝わっている手応えがある。

まだまだやれる。そんなことはわかっている。今年の夏、野外フェスはこれで終了。今年は粘れた。来年はもっとやれるだろう。やるに決まってるだろ。

主催の方が、本番前と本番後に丁寧に挨拶をしてくれて嬉しかった。当たり前のようで、珍しいことだ。誰がやっているのか、その人の顔を見れずに帰ることも多い。

たらふく飲んで会場を後に。変なスイッチが入ってしまい、恵比寿でベーやんとタロウさん[59]と飲酒。ベーやんから、月曜の深夜、Ｊ－ＷＡＶＥからの帰りにコンビニでビールを買って、ｒａｄｉｋｏのタイムフリーでＳＰＡＲＫの放送をもう一度聴きながらＴｗｉｔｔｅｒのタイムラインを遡（さかのぼ）って読むのが楽しみだ、と聞いて嬉しかった。もっと良い番組にしたい。もっと多くの人に聴いて欲しい。

昼間の熱にやられて、すっかり酔った。喜びは一瞬で、悔しさはちゃんと来年の夏まで残るだろう。それでも毎年懲りずにやるんだ。

また来年。

9月11日

久しぶりに歯医者へ。痛かった。麻酔も痛いし、治療も痛い。

治療に立ち会っていた、研修をしているんだろうか、とにかくこれからに向けて色んなものを吸収していく段階の若い女性が、クリープハイプをよく聴いていると声をかけてくれた。嬉しいけれど、それは恥ずかしいよ。よく聴いてくれている人に口の中を見せるなんて、チンコを見られるようなものだ。いっそ、チンコを出しながら治療を受けて、そっちで目をくらませたらどうだろう。もちろん出さなかった。安心してください。

柴山先生が削った歯は、食べ終わった丼みたいで凄い。

まだ麻酔が効いていたけれど、飲酒。本屋に寄って本を買って、映画を観て飯を食って、帰った。

作詞をして、文章を書いて、良い1日。

9月12日

スタジオへ。レコーディングに向けて新曲を詰めた。やればやる程に輪郭が見えてきて、楽しみだ。昔のように音楽に期待しなくなった途端、音楽が楽になった。ずいぶん裏切られて、良い距離感で付き合えるようになった。こっちも、いつだって音楽を裏切る準備はできている。そうなってから、音楽をやるのが楽しくなった。帰ってから作詞。進まずに参る。寝たり、読書をしたり、酒を飲んでスナック菓子を食ったり、酔って呂律が回らなくなった口で別の原稿確認をしたり、気分転換を始めて、気がついたら楽しく遊んでいた。

何をやっているんだろう。朝、寝た。

9月13日

スタジオへ。レコーディングへ向けた足掻き。やればやる程不安になる。作っているのか壊しているのかわからなくなる。早く留めたい。レコーディングはピンで留めて標本にする感覚で、できる限り綺麗な瞬間に仕留めたい。時間がある分だけ、それがそのまま可能性になってしまうから面倒だ。早く決めてしまいたい。

家で作詞。もうレコーディング直前で時間がない、という追い込まれ方をしないと書けなくなっている。ウォシュレットの刺激がないと出せない、というのは良くない。ポロっと無意識の内にこぼれてくるようなのが理想だ。(うんこじゃなくて言葉が)

歌詞を書いて文章を書く。締め切りを過ぎている物だらけで、口の中が苦い。カップラーメン、ハンバーガー、アイスクリーム、菓子、体に悪い物ばかり食べてしまう。

ひたすら出していると、代わりに入れたくなる。

朝方に鼻血。ティッシュを詰めて書く。喉に気を使ってマヌカハニーを舐める時、鼻から飛び出したティッシュを手でどけるのが面倒臭い。そして、情けない。

9月14日

レコーディング。この日から本格的に始まる。手間取ってなかなか進まないけれど、そんなことですら嬉しい。大幅に遅れて、帰ったら朝方になった。それにしても良いぞ。明日も頑張りたい。

9月15日

レコーディング2日目。全体的に進みが遅い。それは、内容がしっかりしているからなのか。こういう不安要素も懐かしい。いつの間にか形式的な型にはまっていたんだろう。そもそも録って残すなんてことは、不安で心配なはずだ。
今日もやりきった。はず。

注解

1 采原史明(うねはら)　インディーズの頃からお世話になっているレコーディングエンジニア。クリープハイプの音は采原さんが握っている。

2 加藤隆志　東京スカパラダイスオーケストラのギタリスト。優しくて、こんなに素直な大人になりたいの「こんな」成分100%！

3 GAMO　東京スカパラダイスオーケストラのサックス担当。紳士で、こんなに渋い大人になりたいの「こんな」成分100%！

4 #ハイ_ポール　フジテレビで2016年4月22日から始まった深夜番組。番組内のキャラクター、ポールの声を担当していた。2017年9月29日に幕、を閉じたくなかったなー。

5 山田宗太朗　ライター。同い年。憎たらしいほど原稿にまとめてくる。彼にまとめきれないような活動をしたい。でも、やっぱりまとめてほしい。

6　町屋良平　小説家。とにかく好き。彼の書く物語で生きたいとさえ思う。こんな人が身近にいて幸せだ。

7　ターキーのぶと　長い付き合いのバンドマン。生まれ変わったら彼の声で歌いたい。ちゃんと駄目で、ちゃんと素晴らしいフロントマン。

8　ユアタイム　フジテレビ系列で毎週月曜日から金曜日まで生放送されていた報道・情報番組である。何が「である」だよ。どうせ素人が書いたんだろう。だからWikipedia は嫌いなんだ。（お世話になってます）

9　清水ミチコ　モノマネだけでなく、ミュージシャンとして尊敬している。頭の回転が早く、たった一言で摑んでいくあの強さを私にもください。

10　郭智博　俳優。昔からファンで、クリープハイプの「寝癖」のＭＶにも出てもらった。いつも静かな火が燃えていて、話していて不思議な気持ちになる。

11　やついいちろう　芸人。音楽とお笑いの一番心地良い場所で話をしてくれるから楽しい。人に対しての変な壁がなくて、気持ちが良い。

12　鹿野淳　音楽評論家。年が離れていても、なんか近い。音楽に近寄りたくない時でも、鹿野さんは絶妙な距離で音楽に触れさせてくれる。毎月遊んでくれてありがとうございます。

13　山口淳太　京都の劇団「ヨーロッパ企画」のメンバーで「イト」のMVの監督。思いついたアイデアを形にする速度と、その正確さに脱帽。

14　有島博志　Ｇｒｉｎｄ Ｈｏｕｓｅ ｍａｇａｚｉｎｅの編集長。いつもクリープハイプに丁寧なインタビューをしてくれる。屈強な男達が並んだ誌面に、自分の情けない姿をみつけると嬉しくなる。

15　２人のミネさん　アタシ社のミネシンゴ、三根かよこ夫妻。色んな雑誌や、アーティスト写真、ジャケットのアートワークでお世話になっている。独特の色を持っていて、それがまた綺麗だ。

16　谷本慧　美容師。撮影等でヘアメイクをお願いしている。ハサミというよりも、人間に任せている。腕はもちろんのこと、そういうところで切ってもらっている。

17　鳥山章剛　クリープハイプのマネージャー。運転技術がどんどん上がっている。抜け道もたくさん知っている。バンドが上に行く為の抜け道も教えてください、渋滞に巻き込まれています。

18　はしご　担々麺がうまい。ごはん無料。

19　長谷川カオナシ　クリープハイプのベーシスト。いいよもう、バンドメンバーのことは。恥ずかしいよ。

20　門出船出　小川幸慈と小泉拓によるフォークデュオ。生意気にも、お客の反応によってやる気スイッチを切ったり入れたりする。そこがまた良い。

21　社長夫妻　クリープハイプが所属している事務所の社長と副社長。事務所の運営について、なんかあるたびに電話で社長に文句を言ってしまう。その度に「ごめんね」と謝る社長。これじゃ「謝ちょー」だ。ちょー申し訳ない……。副社長、これからも事務所をよろしくお願いします。

22　篠原一朗　文藝春秋の担当編集。どんなに他の作家の本を出しても、俺の本を、俺のことを、忘れないでー。もっともっと頑張ります。

23　コンビニのおでん　つんつんするな馬鹿野郎！

24　踊り場から愛を込めて　2010年発売、クリープハイプ初のフルアルバム。苦しいインディーズ時代、低予算で荒削りなこのアルバムで本格的に始まった。バンドにとっての始発駅。

25　みよしの　カレーと餃子のあの弁当、好きだ。

26 小泉拓　クリープハイプのドラマー。いいよもう、バンドメンバーのことは。恥ずかしいよ。

27 小川幸慈（ゆきちか）　クリープハイプのギタリスト。いいよもう、バンドメンバーのことは。恥ずかしいよ。

28 光岡太郎　スペシャの光岡さん。いつも細かい気配りで、自分の至らない部分を埋めてもらっている。早く至りたい。

29 原田光子　みっちゃん。今年は何回一緒に神宮球場に行けるだろうか。手が自由に動かなくなったと言われて心配している。全然病院に行ってくれない。行きなさいよ。

30 関信行　昔からお世話になっているカメラマン。ヤクルトが勝つといつも連絡をくれるから、試合展開によって結果を追うのを途中でやめても、関さんからの連絡がないということで負けがわかってしまう。関さんはいつもそのままを撮ってくれるから、自分の状態が良くわかる。

31 鈴木淳史　ライター、ＡＢＣラジオ　よなよな…のパーソナリティ。細かいところが気になってしまう自分にぴったりな、細かいところを気にしてくれる人。最高ヤ！

32 ガリガリガリクソン　ガリちゃん、早く帰ってきてください。

33　山崎二郎　ＢＡＲＦＯＵＴ！の編集長。少年のような気持ちで、いつも好きなことにまっすぐ向き合っていて、多く気づかされる。草野球の試合でとにかく盗塁をしている。

34　鈴木圭介　フラワーカンパニーズのフロントマンで、憧れの先輩。圭介さんのように太く長く続けていきたい。

35　たそがれたかこ　漫画家、入江喜和（きわ）先生の作品。一部、尾崎世界観をモデルにして頂いた縁で、最終巻の為に書き下ろした「漫画」という曲のＣＤが付いた特装版も発売された。誰も描かなかった場所を描いた素晴らしい作品。

36　ＴＨＥ　ＫＩＮＧＳ　ＰＬＡＣＥ　Ｊ－ＷＡＶＥで２０１２年７月から２０１３年９月まで、生まれて初めて担当したラジオのレギュラー番組。

37　田中浩康　プロ野球選手。渋い右打ち、上手い守備。大好きな選手。

38　松岡裕右　鍼の先生。奥までぐんぐん刺してくれる。あまりに深くて、たまに黒ひげ危機一発のように飛びそうになる。

39　加藤製本　高校卒業後に就職した製本会社。不義理をして1年足らずで退社したにもかかわらず、快く自著を製本してもらっている。当時の上司である飯塚さんが『祐介』の特装本を作ってくれた時は本当に嬉しかった。

40　尾崎由美子　母。いいよもう、身内のことは。恥ずかしいよ。

41　花本武　吉祥寺の書店、BOOKSルーエの花本さん。飄々としているのに中が熱いから油断できない。会うと、書くことに対して襟元が正しくなる。

42　立川談春　落語家。言葉を使うことの喜びと怖さを教えてくれる人。厳しさの奥に優しさがあるし、優しさの奥に厳しさがある。とにかく、尊敬しています。ここには書かないけれど、大事な言葉をいくつも聞いた。

43　佐藤正樹　テレビの演出をしている佐藤さんは、目線を下げて近くで話をしてくれる。そして、常に新しく取り入れる余白を持っている人。見習いたい。

44　谷口鮪（まぐろ）　魚屋ではありません。KANA-BOONのフロントマン。真面目で、職人のような人。もし同級生だったら、いつもノートを写させてもらっていただろうな。

45　田淵智也　UNISON SQUARE GARDENのベーシスト。長い付き合いになるのに、未だにこれだけ悔しがったり敬意を持ったりして接することができるのはありがたい。マジ感謝。

46　FM802　大阪のラジオ局。初めて行った時から今まで、変わらずに緊張できる。

作った作品に対してまっすぐに評価をしてくれるから、安心して作品を差し出せる。だからこそ、もっといい作品を作って、もっと認められたい。大事な場所。

47 尾崎涼介　弟。いいよもう、身内のことは。恥ずかしいよ。

48 尾崎勝　父。いいよもう、身内のことは。恥ずかしいよ。

49 実験の夜　毎月、ヨシモト∞ホールで開催されている又吉さんの主催ライブ。ぼんやり流れている和やかな緊張感が心地良い。

50 伊藤亮　集英社の編集者。熱心に声をかけてくれて、本当にありがたい。必ず、応えたい。あと、酔うと色んなことを話してくれるから面白いし、ありがたいし、嬉しい。

51 イライラするラーメン屋　家の近所で深夜まで営業しているラーメン屋。いつも客がいない。行くたびになんか事件が起こる。でも、行ってしまう。味は良し。

52 酢ダコさん　宇野君の知人、よく知らない人。

53 ＧＯＩＮＧ ＳＴＥＡＤＹ　中学生時代の言葉にできないあの感じ、そのままのバンド。２００３年に解散。峯田さん、あんた凄いよ。

54 長峰大輔　所属レーベル、ユニバーサルシグマのアーティスト担当。いつも元気で、若手刑事のような勢いがある。クリープハイプに一番足りない「覇気」という「武器」を持っている。「息」の長いバンドでいたいから、「破棄」しないよう大切にしたい。イェー。

55　1年近く気になっていたこと　いつか小説で書きたいテーマ。必ず書く。

56　椎木知仁　My Hair is Badのフロントマン。お世話しているようで、気がつけばお世話されている、強い後輩。悔しいし寂しいから、あんまり売れないでー。

57　石田美佐緒　スペシャの石田さん。世話になりっぱなしで頭が上がらない。でも頭が上がらないと、石田さんが覗きこむようにしないと会話が成立しなくなって、結果迷惑になるよな。よし、頭を上げよう。

58　兵庫慎司　ライター。定期的にインタビューをしてもらっている。最近はしてもらっていないな。して下さいよ。してよ。して。(なんか、変なテンションの女子みたいになったな)あと、いつもこの日記を褒めてくれる。

59　梅澤太郎　初めて担当したJ-WAVEのレギュラー番組THE KINGS PLACEのディレクター。よく、変な飲み屋から「待ってるよー」と連絡がくるけれど、ほとんど行かない。だっていつも急だから。

あとがき

２０１６年7月から２０１７年9月まで、１日も欠かさずに日記を書いてみてわかったのは、書いても書いてもキリがないということ。書かなければ伝わらないし、書けば書くほど、やっぱり遠ざかっていく。過ごした時間を書いて残すのは難しい。食べ物や、与えられた仕事を残すのはあんなにも容易いのに。

これは日々の記録ではなく、日々を記録しようとした記憶だ。

こんなに自分勝手な文章を書かせてくれて、そして読んでくれて、本当にありがとうございます。

２０１８年１月31日　尾崎世界観

芥川賞候補ウッキウ記

2020年

12月18日

昨日は、急遽めざましテレビが取材に来てくれた。本当にいつもありがたい。

たらふく酒を飲んで酔っ払った。前祝いだと言いながら、どんどん飲んだ。下川さんと、情報を聞きつけた宇野君も来てくれた。朝5時を迎え、発表の瞬間、どれだけ酔っていても、紛れもない現実だった。

寝て起きたら、お祝いの連絡が大量に来ていた。よく何かで優勝したりした人が言っていたあれは本当だったんだな。

頭がぶらぶらして、今にももげそうだ。それでも立ち上がって、家を出る準備をした。なぜなら仕事だからだ。しかも、やっちゃってる。寝坊をしちゃってる。

フジテレビ湾岸スタジオへ。楽屋で牛乳を飲んで、酒の臭いを消す。同じ番組にゲスト出演するらしいトリプルファイヤーの吉田さんが挨拶に来てくれた。ドアを開けたらスッと楽屋に入ってくる吉田さん。とても遠慮がちなのに、もう楽屋には入っちゃってる。この変なバランスがやっぱり吉田さんだ。

　番組の収録で負けエピソードを話していたら、熱が入ってきて思い出しギレしてしまった。楽しい時間でした。収録終わりにお花を頂いた。これ位の収録ですぐに毎回ゲストに花を渡していたら大変だと心配していたら、候補になったお祝いをしてもらっている事に気がついた。ありがとうございます。

　帰りの車では酔いに耐えながら、ひたすら返事を打ち続ける。返しても返しても終わらない幸せ。小坂明子さんに返事を書いているタイミングで、息子である千葉龍太郎がちょうど近所に居る事を思い出した。彼が亡くなってから2年半、こうやって会いに来る機会もすっかり減っていた。こんな機嫌の良い日ぐらい会いに来たらどうだと言われてるようで、恥ずかしくなる。チャッカマンで慣れない線香に火を付けて、久しぶりに会う千葉龍太郎に報告をした。

　やったぞ。

夜、酔いも醒めて、喜びだけが残った。

これから始まる。

12月19日

朝からテレビ朝日へ。今日はタモリ倶楽部の収録だ。もう呼んでもらえないのかと不貞腐れていたら、久しぶりに呼んでもらえた。緊張しながら、楽屋でメイクと着替え。そして、収録スタジオへ。タモリさんが入ってきた瞬間に変わるあの空気をまた感じられただけで、来た甲斐がある。

1秒が1秒として、時間がちゃんと時間として流れる、当たり前だけどなかなか無い、大切な時間だった。

12月20日

家で単行本用の母影(おもかげ)ゲラをやってから、BSフジへ。今日は、毎年恒例になっている特番の収録だ。今回は5組のアーティストがそれぞれクリープハイプの楽曲をカバーしてくれて、メンバーがその映像を鑑賞しながらコメントするという、ただただ楽しくて嬉しいものだ。出演者の皆さん、スタッフの皆さん、ありがとうございます。

「この番組が地上波で放送される時には、もう選考結果が出ていますね」

幸せな気持ちで収録を終えた帰り際、スタッフの方に言われて我に返る。

帰宅後、家でまた母影のゲラ。今頃Ｍ－1を見て、皆がゲラゲラ笑っているであろう時に、1人虚しく机に向かってゲラゲラしてる。物語が終わりに向かうにつれ、言葉の選択に迷いが生じる。自分が書いた言葉なのに、新潮に載った母影から単行本の母影までに、主人公が成長してしまっている。それは自分の自意識に他ならないんだけど、取り巻く環境や状況も含め、何かを守ろうとしてしまう。なるべくそれを捨てようと、じっと原稿を見つめる。書いては消して、を繰り返す。かすれたインクが痛々しい。一通り終えて、録画していたＭ－1でゲラゲラしてから、遅めの就寝。

12月21日

朝7時半起床。寝不足で出発。事務所でヘアメイクと着替えを済ませ、千葉の市原へ。今日はカオナシと2人、車の試乗動画の撮影だ。免許も無いのになんで受けた。とにかく眠い。

尾崎「おっす」

カオナシ「おう」

尾崎「じゃあ行くか」

カオナシ「そうだな」

いくらなんでもトレンディ過ぎる。本来の人格とかけ離れ過ぎた台本に震えている間に、撮影が始まった。カオナシの運転で田舎道を走りながら、助手席から何気ない風の会話を必死になって投げかける。そこで、何気ないが、いかに作り込まれたものかを思い知る。権藤、権藤、雨、権藤ならぬ、運転運転弁当運転。過酷な撮影を淡々とこなすスタッフさんには頭が上がりません。思えば、カオナシが運転する車に乗ったのもこれが初めてだ。夕方に終わり、渋滞に巻き込まれ、ようやく事務所へ。

新潮社前田さんと、母影の単行本に関する打ち合わせ。終了後、少し待って頂いて、別室で残り一枚だったゲラの直しを済ませる。これで、母影の原稿が完全に自分の手を離れた。あの主人公には、感謝してもしきれない。これからもずっと元気でいて欲しいと思う。本当にありがとう。ちゃんと刻みつけて、長く長く残したい。

近所の店でちょっと飲みながら飯を食った。マスターの奥さんがおめでとうと言って褒めてくれた。嬉死。

12月22日

昼から文章を書いたり、メールを送ったり、本を読んだりした。

海外から、母影を翻訳して出版できないかと連絡があったらしい。

どうせ実現しないだろうから、期待はしないよ。

でも、めちゃくちゃ嬉しい！

12月23日

激烈な二日酔い。起きて文章を書いて、書いた分だけまた本を読む。新聞に載った文芸時評をまとめたもの。何をお前が偉そうに、じゃあやってみろよ、と思いながらも読んでしまう。くだらないネットニュースに引きつけられてしまうのと一緒で、どうでもいいものの、そのどうでもよさになぜか安心する時もある。夕方に家を出て、ホワイトなマッサージへ。ここはいつも顔をゴリゴリしてくれる。昨日は飲み過ぎたから、せめてもの償いとして撮影前にゴリゴリしてもらう。

「痛い、もう一回！」

青汁のごとく、老廃物がリンパを流れて行くのを感じる。

喜楽亭でチキンカレーを食べて、歩いて近所にあるスタジオへ。雑誌「MUSICA」の取材だ。まずは撮影をして、その後にインタビューをしてもらった。鹿野さんと会ってゆっくり話すのは一年ぶり。まず、母影の感想をしっかり伝えてくれた。あれだけ自分の言葉とリズムを持っている人が、それを無視して、気持ちだけで伝えてくれた事が全てだと思う。今まで、主に自分の作る音楽を見てくれていた鹿野さんが、その延長で母影という小説を受け止めてくれていた。ミュージシャンが書いた小説ではなく、ともすれば音楽として、その反応に何の段差も無かった。どうせミュージシャンとして小説を書くなら、こういう反応を貰うべきだ。本当に嬉しかった。だからこそ、音楽活動の話になった時、今バンドが置かれている状況を思って迷った。恵まれてはいるけれど、足りないことばかりだからだ。決まっても決まっても、水のように流れてしまう事ばかりで、もう先に諦めておく癖がついていた。それでも粘り強く決める事が大事なんだけど。鹿野さんだってフェスを中止にして、その中で思う事があるだろう。ただ、その状況を嘆く事にも飽きてきているし、飽きられてきてもいる。状況は悪くなってるのに、ただ周りの関心だけが薄れていく。でも、そんな中で世に出てきて成果をあげているバンドがいる。どんな時代でも、ちゃんとそこに選ばれる人がいる。クリープハイプだって、２０１１年以降のあの空気の中で世に出たという自負がある。ひたすら体力だけが奪われていく今、大切なのは驚きだと思う。驚かせる事、驚く事、それが生き延びるためのヒントになるはずだ。驚くという行為は、人に与えられた立派な才能だ。慣れないように、飽きないように、驚かせて驚いていきたい。

インタビュー後、ビールを飲みながら久しぶりに雑談をした。鹿野さんとこんな風に話すのはいつぶりだろう。

お前はさ、気難しくてとっつきにくくて癖があるんだけど、良い人だと思うんだよ。だからもっと、ちゃんと人に頼った方がいいよ。

帰り道は風が冷たかった。冬のサビみたいな、キャッチーな寒さだった。さっき鹿野さんに言われた事を思い返しながら、歩いて家に帰った。（本当は途中で耐えきれずタクシーに乗った）

12月24日

昨日見たドラマ、この恋あたためますかの最終回の余韻がさめない。森七菜さん、自分が中学生だったら確実に部屋にポスターを貼ってるだろうな。あっぶねー。おっさんで良かった。

本屋へ。ブックコンシェルジュがセレクトしたいけすかない棚を見てると、意外と品揃えが良く、いつの間にか大量の本を持ってレジで会計をしていた。入り口にあった、「芥川賞直木賞ノミネート作品はこちら」というボードもしっかり写真に撮った。

外を歩けば、年末臭い街が嫌になる。

本を読んだり、映像を確認したり、写真を選んだり、あれもこれもと急かされて割れそうになる。

深夜にｒａｄｉｋｏのタイムフリーで聴いたよなよな木曜日で、鈴木淳史さんが言っていた。先週、クリスマスプレゼントをもらった。そして、来年1月20日に少し遅いお年玉をもらえると信じている。とにかく、今こんな時に、この業界にとって明るいニュースだ。1月20日に音楽業界、カルチャー業界に風が吹いたら何かが変わりそうだ。1月20日に良い風が吹くことを願って。

その流れで、クリープハイプの「風にふかれて」という曲をかけてくれた。

文学界において、自分の存在が話題作りだという声を聞いて悲しんでいたけれど、自分にはちゃんと反対の世界があった。それが原因で疎まれもするけれど、その反対の世界にいる人がこうして手放しで喜んでくれている。こんな当たり前の事に気付けなかったのが面白くて、ちょっと気が楽になった。

メリークリスマス!

12月25日

昼からＺｏｏｍで打ち合わせ。最近、このＺｏｏｍでの打ち合わせに違和感を感じるようになった。人が喋っている時間よりも、人が黙っている時間を聞いているからだろう。突然、喋っている瞬間だけがわざとらしく浮き出てきて、言葉が多過ぎたり、足りなかったりする。なんとか方向性を決め、打ち合わせを終えた。

家で本を読んだり、テレビを見たりした。音楽番組を久しぶりに見てみる。皆、さすがはプロだ。慌ただしい生放送の中で、しっかりとやりきっている。決して視聴者には聴こえないあの本番直前の冷たいクリック音や、終わった後に挨拶をする謎の偉い大人達、自分にも一応そんな記憶がある。

　それを跳ね返せる一握りの人達だけが生き残って行く、とても厳しい世界だ。とある小説を読んでいて、色んな事を思い出した。それまで届かなかった事、悔しかった事、腹が立った事、今まであたかも自分が被害者であるかのように振る舞ってきた。でも、今回思い出したのは加害者としての記憶だ。都合良く忘れていた記憶が蘇ってきて、愕然とした。何気なく、確信的に、自分は人を傷つけてきた。そんな事を思い出しながら、恥ずかしくて、怖くて、どうしようもなくなった。それと同時に、自分でも、ちゃんと人間の反対側を引きずり出すような作品を作らなければいけないと思った。

　夜中に、部屋に置いてあったペットボトルのお茶を飲もうとして違和感を感じた。新品だと思って開けたキャップの抵抗が少ないような気がする。もしかしたら、もう既に開いていたのかもしれない。だとしたら、何日前のものだろう。新品にしては抵抗が少ないけれど、もう既に開いていたにしては、一応の抵抗があったような気もする。モヤモヤする。モヤモヤしながら、そのペットボトルのお茶をちびちび飲んだ。（飲むのか！）

12月26日

昼に起きて、読んで、読んで、書いて、読んで、読んで読み疲れて眠るまで、読んだ。

ヴィンテージロック若林さんとライブに関する打ち合わせ。やれると思っていた年末のフェスも中止になってしまった。最後まで、釈然としない思いを残したまま年を越す事になる。来年やると決めたライブもすでにチケットを売り出しているけれど、このままでは中止になる可能性も考えておかなければならない。Tシャツをはじめとした物販で売る商品も、一度生産してしまえば大量の在庫として残ってしまう為、ギリギリまで粘ってどうするかを見極めなければならない。数ヶ月前、中止になったツアーの物販の在庫が入った段ボールを見ながら、この悔しさを何とか形にしたいと思い、事務所で小説の仕上げをしていた。音楽以外にも気持ちをぶつけられるものがあって救われた。小説という、途方もなく「できないもの」に改めて感謝したい。
打ち合わせ終盤、若林さんが、もしかしたら今までが異常だっただけで、ただ当たり前の世の中が戻ってきただけなのかもしれないと言った。確かにそうなのかもしれない。スタンディングでぎゅうぎゅうになったお客さんが、雪崩(なだ)れに巻き込まれて倒れていくあの光景を思い出す。そういった危険の上に、一体感や熱量がかろうじてぶら下がっていたんだろう。もう、何かにバレたと思って腹を括(くく)るしかない。1月のライブはやる。その先のイベントにも出る。それだけは決めて、打ち合わせを終えた。

夜は海ちゃんとドライブをしながらくら寿司に行った。久しぶりの回転寿司は楽しかった。寒ブリを注文する時につい堪えきれず、「カンブリア宮殿」と口から出てしまった。それを聞いて小声でカンブリア宮殿……とつぶやく海ちゃん。アイドルを困らせてごめんなさい。あと3皿でもう一回ビッくらポンに挑戦できたけれど、腹がいっぱいで口からビッくらポンしそうだったので、泣く泣く諦めた。悔しいから2人で店の入り口に置かれたガチャガチャをやった。ちくしょう、上手くできてるな。

その後、地元の友人おいちゃんがやっている店に寄った。そして酔った。夜の道を帰る途中、とても楽しかった。免許を取って、助手席に尾崎さんを乗せたいと言って運転してくれている海ちゃんが本当にありがたかった。ちょっと日本語がおかしいけれど、なんかちょうどそんな感じだった。

12月27日

起きたり寝たりを繰り返していたら、いつの間にかもう午後になっている。本を読みながら、このままでは同じことの繰り返しだと危機感を覚える。思い立って近所にある映画館のスケジュールを調べてみると、気になる特集をやっていた。気が変わらないうちに急いで準備をして、急いで家を出た。映画館の近くでラーメンを食っていたら上映開始時刻ギリギリになってしまい、慌てる。受付の女性はとても感じが良く、あと1分で上映が始まりますよ、と優しく促してくれる。念のため領収書を貰いたかったのでお願いすると、後で発行できるのでとにかく今は急いで、とさらに優しく促してくれる。映画をこよなく愛する人の、映画に対する敬意が伝わってきた。ギリギリ上映開始に間に合い、座席に腰を下ろす。映画もとても面白い。ただ、やっぱり領収書の件が気になる。どうせ俺は、忘れるぞ。いいんだ。念のため貰っておこうと思っただけなんだし、忘れたって別に大した事じゃないんだから今は映画に集中しろ。わかってる。わかってるけれど。映画が面白ければ面白いほど、面白さに浮かれて何かを忘れちゃう自分が許せなくなる。やっぱりどうしても「楽しさ」と引き換えに「忘れる」という事に我慢がならない。1本目が終わり、休憩時間になった。もう耐えきれず、受付に向かった。領収書の但書と宛名を伝え、トイレに行って戻ったところでちょうど、間も無く上映開始のアナウンスが。係の女性が、書いておきますので帰りにお渡し……だからー、それがー、ダメなんですー、とは言えず、どうにか今すぐに書いて下さいとお願いして書いてもらった。良かった、これで集中できる。楽しく観て、ロビーのポスターなんかもiPhoneのカメラで撮影したりして、大満足で映画館をあとにした。歩いて帰ることにして、通り沿いの飲食店で楽しそうな人たちを横目に家を目指す。寂しい気持ちと同時に、1人って良いなとも思う。少なくとも、他人に迷惑をかける事はないからだ。よし、決めた。もう来年は自分から人を誘わない。誰かに誘われない限りは、1人でやっていこう。1人だと周りがよく見える。街並みはもちろん、人間が鮮明に見えてくる。これは、何より創作に活きるはずだ。最寄りのコンビニで買い物をして、家で大人しく過ごした。

なぜだか世の中で自分1人だけが寂しい人間だと思ってしまうこんな日が、けっこう好きだ。

12月28日

起きて、文章を書いて、本を読む。クリープハイプの有料会員サイト「太客倶楽部」(胡散臭いオンラインサロンみたいなものです)内のラジオ番組太チャンの収録で渋谷へ。収録後はメガパンで鍼!

家に帰ってダラダラと過ごす。30日に締め切りのエッセイがなかなか書けず、そろそろ焦りが生じてきた。

DOしYO。

12月29日

ユニバーサルで打ち合わせ。来年のことを話しながら、改めて頑張ろうと思った。バンドマンとして何が出来るか、精一杯考えてやっていきたい。その上で、レコード会社に力を貸してもらわないとどうにもならない。その為の、有意義な話し合いだった。

夜は、有料会員サイト太客倶楽部の会員向けに太客総会という名の生配信をした。メンバー全員と会員の方々で、今年のバンド活動から浮き彫りになった今後の課題について意見交換をした。有料会員になるその利点として大きな割合を占めるのは、ライブチケットの先行予約だ。今年は新型コロナウイルス感染拡大の影響で満足にライブができず、会員の方々には本当に迷惑をかけた。自分の生活にも様々な影響が出ているのに、それでも退会せずにいてくれるその気持ちにどうすれば応えられるか。どう考えても、まず一番はライブをやる事だ。だから、来年の１月にやるという事を決めた。その日までどうなるかはまだわからないけれど、とにかく約束をするという事を選んだ。

配信後、メンバーと十分に距離を取って、換気をして、軽く忘年会をした。今年は例年に比べ、メンバーに会う回数も格段に減った。それなのにそんな感じがしないのは、網膜や感覚に、頑固な何かがこびりついているんだろう。

洗剤泣かせの関係だ。

12月30日

今日が締め切りのエッセイを書く。なかなか思うように進まず、強い焦りが生じる。夜までかかって、ようやく規定の文字数へ達した。慌てて文化放送へ。特番の収録をするにあたり、レギュラーラジオ番組の歴代スタッフたちが集まってくれた。まるでオールスターのような華やかさで、打ち合わせの段階から良いものになる予感がひしひしとした。そして、文化放送の気が好きだ。なんだかしっくりくる。2組のゲストにも助けられ、今までやったラジオ番組で一番の手応えがあった。そのまま文化放送の会議室を借りて、ニッポン放送のミュ〜コミ+プラスの生放送にゲスト出演。なんだか凄くエロい事をしているようで、ドキドキする。毎年恒例、その年の放送最終回のゲストとして、今年も呼んでもらえた。ありがたい。

深夜の街を車で走っていると、やっぱり街が年末臭くて、どうしようもなく寂しくなる。

12月31日

大晦日は落ち着かない。やってやろうと意気込み過ぎて、何時から酒を飲み始めて良いのかがわからなくなる。そわそわしながら、今か今かと夕方を待つ。18時に椎木が、20時過ぎに宇野君が、それぞれやって来た。食って飲んで、テレビを見る。途中、ＣＲＯＳＳ ＦＭ Challenge ラヂヲに生電話出演をするも、酔い過ぎていて上手く喋れない。変な事を言わないか自分で自分にヒヤヒヤした。（有森さんヒヤヒヤ）

すんなり年が明け、歌番組に悪態をついていたら、もう朝だ。やけに綺麗な朝焼けが気まずかった。また新たな年を迎えた。

今年もよろしくお願いします。

2021年

1月1日

あけましておめでとうございます。二日酔いからのスタート。1月1日がなぜか絶対に晴れるのが、毎年ちょっと怖い。たまにはぐずついたって良いのに。無理して笑ってないで、悲しい時は泣いたって良い。そんな気持ちで空を見上げていた。

変な時間に眠たくなって、タイマーをかけて寝た。20時前に高橋源一郎さんのラジオ番組、飛ぶ教室に生電話出演をした。新年早々、縁起が良い。高橋源一郎さんって神様感があるよな。

やっぱり調子が出ない。まだ体のどこかに去年が残っている。2年酔いが覚めない。

１月２日

起きたら頭が痛い。ここ最近、これに悩まされている。そして、体の痒み。とにかく痒い。特定の場所ではなく、体のあちこちが痒くてどうしようもない。急な温度差に原因があると知った所で、症状が治まる訳ではない。とにかく、痒くて仕方がない。痒いって、全然伝わらない苦しみだ。くすぐったいもそうだけど、この楽天的な感じに腹が立つ。中身は紛れもない苦しみなのに、ラッピングがキャッチー過ぎて、一向に他者に伝わらない。加齢に伴う体質の変化を前に、ただただ戸惑う事しかできないでいる。気分転換に運動だと、外に出て走ってみる。そうしたら、また急な温度差にやられて身体中が痒くなる。

もう、やってられない。あっ、頭が痛いのをもうすっかり忘れてた。まぁ、痛いよりは痒い方が良いか。

１月３日

本を読んだり、映画を観たり、曲を作ったりした。昨日に引き続き、外を走ってみた。おじさんが口を開けてひゃあひゃあ言いながら、不細工なフォームで走る。チラチラと時間を気にしながら、もう歩いているのとほとんど変わらない速度で。自分がこうやって外でひゃあひゃあしてる間にも、周りのバンドマンは音楽活動に打ち込んでいるんだろうか。

家に帰ってから、これも昨日に引き続き、曲作りに挑戦してみる。やっぱり今日もできない。

たまたまテレビでやっていた大ヒット映画を観てみた。体はちょっと感動しているんだけど、心では、統計に基づいて人の感情を操作するような薄気味悪さを感じていた。ただ単に、売れているものに対する嫉妬なのかもしれない。でも、あの鳥肌は感動よりもっと薄ら寒いものだったと思う。しかーし、広く届くものを作るという事にも、やっぱり憧れるのであーる。

寝る前に、見逃していたオールザッツ漫才を見た。観るじゃなくて、見る。もっと身近な、じんわりとしたものに、思わず嬉しくなる。しっかりと体重が乗ったローカルな表現が生々しくて、乗り物酔いに似た吐き気すら覚える。

あー、良い！

１月４日

お正月休みを頂きます。

１月５日

事務所に行って、Ｚｏｏｍでニッポン放送ショウアップナイターに関する打ち合わせ。（林さん散髪してサッパリ）55周年記念の新たなジングル作成に向けて内容を詰める。今年は予定通り開幕するのかどうか。来月にはもうキャンプインだ。例年と比べてシーズンオフが短いという事も、なんだか素直に喜べない。早くまた、なんの気も遣わず思う存分にプロ野球が観たい。

社長室で少し寝てから、ユニバーサルで情熱大陸の打ち合わせ。本当にあるのか半信半疑だったけれど、どうやらありそうだ。もしも無くなったら、泣く。頼むから無事にありますように。何が何でも、情熱大陸に出たいよ。事務所に戻って、新潮社のＰＲ誌　波のインタビューを受ける。編集の杉山さんと単行本担当の前田さんが聞き手という事もあって、偉そうにペラペラと語ってしまった。その後、母影に関する打ち合わせをして、虎ノ門へ。文藝春秋の篠原さんに会いに行った。文章を書くという事の親である篠原さんは、この日記では出版ヤリチンでお馴染みですが、最近は水鈴社という出版社を立ち上げ、ヒット作を出している。チャラ男で、授業参観に来たらやけに目立つような親なんだけど、その人から生まれたから今もこうして生き残れているんだと思う。改めて候補になった報告も出来て、少しは恩返しができたかもしれない。色々と話せて良かった。

1月6日

スタジオへ向かう途中、ヴィンテージロック若林さんに電話をした。あー、やれなそう。その声のトーンですべてを察した。緊急事態宣言を明日に控え、一気に世の中の空気が変わっていく。目に見えないものを積極的に信じているわけではないけれど、この感じはもう知っている。とにかく、決める事を決めなければいけない。スタジオに着いて、新年の挨拶もそこそこに、ライブについての話し合いをした。機材のセッティングもほぼ終わっているのに、何の為に練習をするのか意味が見出せない。それでもいざという時に備え、などと意気込む気力ももう無い。この状況に、心底疲れてしまった。今日はもう練習をせずに帰ると決め、少し雑談をしてから解散した。何も出来ず、来た道を戻るのが情けない。不貞腐れて、家で寝た。起きてもまだ人生は続く。本を読む気にもならない。ただ、締め切りだけはちゃんとある。

もうこれ以上、何を締めつけるというのか。

1月7日

今日は前々から約束をしていた小旅行の日だ。こんな時ではあるけれど、行ってみる事にした。12時に宇野君の家の駐車場で待ち合わせて、車に乗り込む。そこからひゅーいの家へ。バス停の前で、バスを待つおばあちゃんを通り過ぎてから気がつく。あれは、おばあちゃんじゃなくてひゅーいだ。茶色い上着と、モコモコした毛糸の帽子のおばあちゃん感に惑わされた。3人で神奈川へ向かう。途中、強風で巻き上げられた砂埃で視界が霞む。まるで、西部劇を見ているようだ。昼ごはんを食べて、コンビニで買い物をして、宿へ。今日泊まる宿は木造の一戸建てだ。底冷えする床に座って、ストーブから出る石油の匂いを嗅ぐ。テーブルを囲んで、食って飲む。テレビをつけたらちょうど夕方のニュースが流れていて、当然ながらどのチャンネルも緊急事態宣言の話題で持ちきりだった。とにかく、今の自分達が間違っていないかが気になる。責められないように、怒られないように、つい正しさを探してしまう。こんな時に旅行をしている今の自分達には、歯切れの悪いこの会見がちょうど良い。夜は大衆割烹に行った。あんなに食ったのに、帰りにコンビニで蕎麦を買ってしまう。誰もいない街に、びゅうびゅう風が吹いていた。骨を焼くような冷たい風だ。体を縮めてぎゅっと耐えながら、足を鳴らして前に歩いた。「旅は飯」という宇野君の謎の言葉を信じ、まだ食って飲んだ。深夜、ガスが切れていて、宿の風呂が使えなかった。怒りで湯が沸きそうだった。

誰の尻が綺麗かを比べて、1位になった宇野君の尻をひとしきりパシパシ叩いて、布団を敷いた。

「今日は本当にありがとうね」

この台詞の後に、一日のエンディングテーマみたいにしてiPhoneから変な曲を流すというノリを順番にやっているうちに、いつの間にか寝ていた。

１月８日

数時間寝ただけで目が覚めてしまい、その後もなかなか寝つけない。下の部屋でストーブを点けようとスイッチを捻るも、なんだか手応えがない。でも、なんとなく熱くなっている気もする。周りの人に全部を任せっきりにしているから、いつもこうなる。２人は一向に起きてこない。10時には宿を出ないといけないのに、９時50分になっても、やっぱり起きてくる気配がない。上に上がって、iPhoneからクラシックを流しながら「おはようございます」と大きな声を出す。それで起きた宇野君が布団から出て、でもまたすぐに布団に戻っちゃうというノリを４回やった。

「これ、ストーブ空焚きや」

なんか臭いと下の様子を見に行った宇野君の声を聞いて、やっぱりストーブが点いていなかったと知った。

時間がない。急いで片付けをして、宿を出た。３人とも髪の毛がぺったりしている。ガスが切れていて風呂に入れなかったからな。鍵を返す際にガスの件を伝えたら、そうですか、よく言って注意しておきますからと言うおじいさん。とんだ責任転嫁だ。こっちは、ただ点火して欲しかっただけなのに。はらわたが煮えくり返って、今すぐヘソの上に浴槽を置いて浸かりたくなった。

帰る途中、スーパー銭湯に寄った。ロッカーで服を脱いで、なぜか全裸にマスクをつけた状態で出て行ってしまう。2人の、あの変態を見る目が忘れられない。昼から露天風呂に浸かって、くだらない話をした。やっぱり、チンコを出した状態で真面目な話なんかできない。

浴室からロッカーまでの距離が思った以上にあって、体から水を垂らしながらうつむいて早歩きをしていたら、突然横から優しいおばさんがバスタオルを差し出してくれた。なんでここにおばさんが居るのかが気になって顔を上げたら、ひゅーいだった。風呂上りのひゅーいは、おばさんみたいでなんか可愛い。

ラーメンを食って、東京へ。男同士で旅行をした帰りはいつも寂しい。あの帰り道の感じに、いつか名前をつけたい。今日からはもう大人しくします。

1月9日

本を読んだ。テレビを見た。ダラダラと過ごした。夜、またダボハゼみたいな顔をして15分だけ走った。映画を観た。ラジオを聴いて、寝た。
まるで童謡しゃぼん玉の歌詞みたいな一日が、壊れて消えた。

1月10日

昼過ぎに家を出て、スタジオへ。太チャンの収録だ。そして、今日から情熱大陸の密着が始まった。最近あった出来事を上機嫌でメンバーに話しながら、自分の高揚をはっきりと感じる。でも、カメラがまわっていなければ、こんな風に話さないんじゃないのか。有森さんスタイルで、自分で自分を疑ってしまう。その後事務所で仕事をしていても、何か聞かれた瞬間にどこからかあの音楽が流れてきて、何か良い事を言わなきゃいけない感じになる。エッセイのゲラをやっている時も、紙の上を指でなぞりながら小さく声を出して読んだりしてしまう。別に前からやっていたような気もするし、前はこんな事やっていなかったような気もする。こうして密着して貰っているのに、逆に自分が自分から離れていくようで不思議だ。ヴィンテージロックに移動して、若林さんとライブに関する打ち合わせ。延期になったライブの振替日程、その後のツアー日程の確認、やれる保証もないけれど、とにかく決めるしかない。お客さんを振り回すのは申し訳ないけれど、決めなければ何も始まらない。誰が悪いわけでもないという事はない。やると決めてやれなかったら、やっぱりこっちが悪い。かと言って、何か具体的なお詫びができるわけでもないのが心苦しい。

打ち合わせを終え駅まで歩きながら、情熱大陸ディレクターの申さんに、最近体中が痒くてたまらないという悩みを打ち明けた。1日の終わりにそんなどうでもよい悩みを打ち明けてくる奴にこれから密着するなんて、先が思いやられたことだろう。そんな帰り道でも、頭の中にはやっぱりあの音楽が流れていた。

1月11日

最近は眠りが浅くてすぐに目が覚めてしまう。

体も痒いし、頭も痛い。

本を読んだりドラマを見たりした後、また外に出て15分だけ走った。寒くて体がちぎれそうだった。

まるで、5秒後にスキップできる広告みたいな1日だった。

1月12日

新潮社へ。まずはダ・ヴィンチのインタビューから。編集長関口さんとライター吉田さんが揃った時の空気に気を良くして、べらべらと喋りまくる。ずっと詰まっていた物がちゃんと出た。

Ｚｏｏｍを使ったオンラインの囲み取材、ＰＣの画面上に並んだ記者の方々が出す空気にやられる。たまに区役所に行った時、いつも何かうしろめたい気分になるんだけど、そんな感じだ。

その正しさにいつも気まずくなる。芥川賞について、母影という作品について、いくつかの質問に答えた。

ＮＨＫ、共同通信、それぞれに個別でインタビューをして頂いた。文字にするとたったこれだけなんだけど、とても疲れた。普段、他のメディアでいかに甘やかされているかが身にしみた。新聞って正直で怖い。もっと出て、早くそれに慣れたい。

その後、編集の杉山さん、単行本担当の前田さんと弁当を食べてから帰った。その時間が無性に楽しかった。

家に着いて、カバンが無い事に気がついた。新潮社を出る時は確実に持っていたはずだ。どこに忘れてきたんだろう。

1月13日

集英社へ。「すばる」副編集長の川崎さんに初めてお会いした。楽しく話をして、あっという間に時間が過ぎた。小説の話をしている時間は本当に楽しい。最後に編集長鯉沼さんにも挨拶ができた。文芸誌の編集長って、みんなそれぞれ強そうでカッコいい。文芸誌版のアウトレイジがあればぜひ観たい。やっぱり矢野さんがラスボスだろうか。小説すばる時代から原稿を待たせ続けている編集者の伊藤さんに、いい加減に応えなければいけない。夜中にすぐメンヘラみたいなラインを送ってくる伊藤さん。めんどくさいが3で愛しいが6！（あと1どこいった？）

事務所へ移動して打ち合わせ。「ＢＲＵＴＵＳ」だー。あー。ついに来た。これは楽しみだ。今まで全然相手にしてくれなかったのに。ねえ？　どうしたの？　何があったの？　もしかして前から気になってたの？　とにかく嬉しい！　ずっと待ってたよ。ねえ、俺のどこが好き？　と聞きたい気持ちを抑えて、真面目に打ち合わせをした。

ＺＩＮＥ「やさしくなりたい」の取材を受けた。自分の体のことについて、長いインタビューに答えた。うまく歌えないという事を話すのは難しい。なんだか、うまく歌えないという事を、うまく話せ過ぎてしまっているからだ。それがたまらなくダサい。これほどまでそれに特化したものは初めてで、とても貴重な機会だった。終わってから撮影もしたぞ。

そして、

カバン、ありましたー。

1月14日

都内のスタジオへ。「GINZA」だー。適度に力の抜けたとても居心地の良い空間に、その為の緊張感をちゃんと感じる。ただ気が抜けただけの空間と、そうやって色々と張り巡らせながら作り上げた抜け感には大きな違いがある。さすが「GINZA」！

撮影もインタビューも楽しかった。こういう場所でもっと仕事をしたい。だから、もっと呼んでください。

「尾崎さんの毛って、細くて量が多いですか」

「そうですね」

情熱大陸のディレクター申さんとヘアメイクの谷本君が、何大陸かわからない珍妙なやりとりをしていて和んだ。

事務所へ。夕刊フジの取材だー。独特だ。独特の世界観だ。前の現場との落差で風邪をひきそうになった。もっと経験を積まないと、夕刊紙のあの感じにはついていけない。普段いかに甘やかされているかがよくわかって、良い勉強だ！

社長を呼んで、軽く飲みながら久しぶりに話をした。ほろ酔いで帰って、家でも少し飲んだ。心から軽蔑している評論家が、ゲロみたいな文芸時評で母影をけなしているのを見つけた。雑魚が、と思った。そして、こういう時に分かり易い数字で比べて溜飲を下げている自分が何より恥ずかしい。

町屋良平さんに電話をした。２時間半ただひたすらに小説の話をしていたら、もう朝になっていた。

あー、楽しかった。

1月15日

昼過ぎにフジテレビへ。めざましテレビ「尾崎図書観」の収録が決まるたび、いつも安心する。数年前から、明確にレギュラーコーナーとして決まっているわけではないけれど、不定期で続いているこのコーナーが本当にありがたい。めざましテレビには大きな恩がある。いつか必ず返す。大好き。

帰りに本屋に寄って、大量の本を買った。ついてきてもらったヘアメイクの谷本君にも勝手に一冊選んで渡した。読書ハラスメントだ。

事務所で時事通信の取材を受けた。インタビュー中、カメラマンの方のシャッター音が気になって止めてしまった。向こうも仕事だとわかっているけれど、気になって言葉が出てこないから、やむをえずお願いをした。それでもギリギリまで撮ろうとするそのプロ意識を、自分はどうして受け入れる事ができないんだろう。インタビューが終わってから、カメラマンの方と話をした。怒るどころか逆に謝ってもらって、改めて申し訳なく思った。でも、そのおかげで話したい事が話せた。そうした過程を経て出来上がった記事は、やっぱり死体みたいなものだ。語り手、聞き手、カメラマン、書き手、それぞれが色んな気持ちを殺して、やっと読み手に届く記事が出来上がる。それを生き生きと見せるのも、また誰かの仕事なんだろう。やっぱり伝えるって難しい。

家で音楽を聴こうとしたら、途中で急に切れた。その曲は死んでしまった友人が作ったもので、残されたバンドメンバーが、あれは尾崎さんの事を歌った曲なんですよと教えてくれた。久しぶりにタバコでも吸いたいと思いながら曲を流したら、じゃあ吸えばいいじゃんというタイミングで急に曲が切れた。あの人がそうしていたように、換気扇の下に移動して、聴きながら一本だけ吸った。短い曲と、オーガニックでやけに長持ちするタバコとの間が合わない。繰り返し3回聴いて、やっと一本吸い終えた。腹が立つくらい、素直で優しい曲だ。あの人が帰った後に換気扇の下に散っていたあの灰を、これからもずっと忘れないだろう。

1月16日

曲作りをしてみる。でも、一向にできない。まったくイメージが湧かず、自分が今までやってきた事が、ある部分を境にぷつっと切れてしまっている。
夕方、幕張の書店lighthouseの店主、関口君とＺｏｏｍで色々と話した。相手が言った事を瞬時に嚙み砕いて、それをここだという場所に落とす力を持っている。頭がいいと言うのは、勉強がどうという以前に、その事を指すのだと思っている。

体調が良くない。

新型コロナウイルスの抗原検査をやってみた。結果は陰性だった。

溜まっていた原稿をやった。思った以上に進んで、気分が良い。

あー、体の節々が痛い。

1月17日

夜中から明け方にかけて、何度トイレに行っただろう。気持ち悪くて腹が痛くて、ほとんど眠れなかった。ちゃんと熱もある。ひたすらに、ベッドとトイレの往復をくり返す。そしてやってしまった。もう勝手にケツから水が出る感じだから、気づいた時にはもう遅かった。パンツとズボンをビニール袋に入れて捨てた。36歳にして、ついにやってしまった。20日の選考会に向けて、運が付いたという事にしたい。（あー）

それから、いつケツからまた水が出るかと思うと、怖くて眠れない。体も痛い。気持ち悪い。腹が膨れて破れそうだ。

夕方になってリンゴ、ヨーグルト、ゼリーを食べた。それでも、気持ち悪くて残してしまう。無理をし過ぎて、体が壊れた。自分の底が知れて、少し安心もしている。

明日はラジオの生放送があるのに、大丈夫だろうか。

昨日原稿をやっておいて良かった。

辛い。

1月18日

朝からTBSラジオへ。今日は伊集院光さんの番組にゲスト出演という事で、とても緊張している。しかもこの体調不良だ。

それがかえって良かったのか、ふわふわしたまま、ただ話す事だけに集中できた。伊集院さんは圧倒的に攻めの人だと思っていたけれど、受けの人でもある事に驚いた。こっちが話をしている間の、あの話を聞いてくれている感じが凄い。人間って話を聞いてもらう為に生きてるんじゃないのかと思うほど、たまらない時間だった。

あの、相手が話し終わるのをじっと待っている姿が、MCバトルにおけるチプルソと重なった。マイク片手に俯いて、相手の声に耳を傾ける侍のようなあの姿だ。

あっという間で、自分が何をやれて、何ができなかったのかすらわからないけれど、体の中にぼうっと熱い何かが残った。そして、放送後に色んな人から連絡が来た。褒められたけれど、本当に何もしてないんだよな。どこに投げても、全盛期の吉見一起投手の球筋の如く、言葉がアウトローに吸い込まれて行った。キャッチャーのお陰です。

本当に、貴重な経験をありがとうございました。

終わってから事務所でおかゆ。

Ｚｏｏｍにて、女性自身のインタビューを受けた。凄く丁寧に話しかけて頂いているのに、電波が悪くて何度も映像が途切れてしまう。事務所にいる安心感も手伝って、集中力も一緒に途切れる。それでも根気強く、笑顔で、話を引き出してもらった。このもどかしい、諦めにも似た「どうせ」感こそが、母影で書きたかった事だ。言葉を超えて、言葉を捨てて、もっと核心に触れたいのに、それでもやっぱり言葉を使うしかない。その可愛さや気まずさを書こうとした作品だから、そんな状況がよく似合っていたと思う。

家に帰ってからも落ちつかない。どこに居ても、居る気がしない。そして深夜にまた腹痛が来て、ちょっぴり出た。それに運が付いたって思ってたけど、よく考えたら運が付いたパンツももう捨てちゃってるし。

じゃあ捨てないで大事に持っときゃ良いって言うのかよ!

朝まで悶(もだ)えた。

1月19日

何度もトイレに行って、節々の痛みに顔を歪めながら、ようやく朝までたどり着いた。体調は相変わらず。おかゆを食べて半蔵門へ。本番前、打ち合わせを終え朦朧としていると、情熱大陸のディレクター申さんが「この後の放送で何を話すか真剣に考えてるんですか?」と聞いてくる。返事をするのも迷うほどに、体調が良くない。今から出演するJFNのラジオ番組は生放送の為、途中でトイレに行きたくなったらどうしようとヒヤヒヤしていた。

無事に出演を終え、下北沢の病院へ。内装もボロボロで、患者もご高齢の方ばかり。なんだか、一気に地元に帰って来たような気分になる。名前を呼ばれて診察室に向かうと、おそらく80代だと思(おぼ)しき先生が出迎えてくれた。その先生はまるで、もしも芥川龍之介が80歳まで生きていたらという感じの風貌だ。これは何だか縁起が良いぞ。そう思ったのも束の間……。何、痛い？　はい腕まくって。背中。お腹。寝て。ここ痛い。ここは。ここは。はい、このコップ持って。ここにおしっこ入れて。ここまでが2分足らず。その後も、様々な検査や点滴が工場のライン作業のごとく進んでいく。

「今から薬の落ちる速度を早めます。もしドキドキしてきたら言ってくださいね」

点滴のパックをいじりながら看護師さんはそう言うけれど、してるよ。明日に向けて、もうずっとドキドキしてるんだよ。

無事に点滴を終え、病院を出た。振り返るとそこには、お世話になりましたと頭を下げたくなるような、とても古びたドアがある。

車で家へ向かった。選考会を翌日に控え、ついに自宅の部屋で密着だ。ディレクターの申さんとカメラマンの水上さんに頼んでちょっとだけ外で待っていてもらい、先に部屋に入って大量の本の中からこれは何となく読んでいると思われたくないもののの背表紙をサッと反対側に向ける。（器が小さい）

生活感のない部屋に散らばったカメラ、パソコン、ギターケース、物置と化した台所、グチャグチャのベッド、積み上げられた本と、傷だらけのテーブル。これ、情熱大陸じゃなくてザ・ノンフィクションでよく見る画ですよねと言ったら、そうですねと言われた。

椅子に座って、話したい事を話した。音楽について。小説について。表現について。話せば話すほど、芯から遠ざかっていくのが自分らしい。そもそもそうやって逃げてきて今がある。

2人が帰る頃に、また腹が痛くなってきた。なんなら後半は、早くトイレに行きたいからもうインタビュー終わってくれないかとさえ思っていた。

夜になって、落ち着かない時間を過ごした。さっき病院で見た汚い天井にぶらさがる点滴のパックを思い出しながら、薬を飲んだ。まずい粉薬がよく似合う時間だ。

むずむずして眠れず、嬉しいような寂しいような、楽しいような悲しいような気分だった。

今日まで本当に一瞬だった。いよいよだ。

1月20日

この日の為に、山の上ホテルから持ち帰った髭剃りを使った。（舞い上がってつい、名だたる作家が定宿としていたあの山の上ホテルに泊まっちゃいました。恥ずかしい……）

鼻毛を切って顔を洗って、最近いつも同じ服を着てるなと思いながら、やっぱりいつもと同じ服を着た。

さっきまであんなに穏やかな気分だったのに、家を出てからどれだけ歩いてもタクシーが捕まらず、すぐにイライラしてくる。よし、だんだんと調子が出てきた。やっと捕まえたタクシーに乗れば、けたたましくサイレンを鳴らした消防車に追い抜かれる。どこかで起きた火事と、それによって起きた渋滞に、なんだか心が落ち着かない。

15時15分。（行こ行こ！）

ライブハウス、「Ｄａｉｓｙ Ｂａｒ」に着いた。二階の事務所に入ると、バンドメンバーがもうすでに集まっていた。ライブとは違った妙な緊張感に、尻の穴がむずむずする。下に降りると、いくつかのテレビカメラが出迎えてくれた。散々迷った上で、選考会当日の密着取材を受けると決めた。ただはしゃいでいる。そう見られても仕方がないけれど、注目を集めたのであれば、可能な限り応えるべきだと思った。たとえ恥ずかしくて情けない結果が出ても、その役割を引き受けたいと思い決断した。

新潮社から「新潮」の担当編集杉山さん、単行本担当の前田さん、文藝春秋からは篠原さん、お馴染みの方々がしっかりと距離を取って出迎えてくれる。

ライブハウスのフロア、四隅に置かれたテーブルにバンドメンバーが座った。ずいぶん距離をとって、明らかに不自然な配置だ。でも、１万人以上の規模でライブをする時、いつもメンバー同士、ちょうどこんな間隔でステージに立っている。

そう思えば、この距離もなんだか心強い。

何か話さなければと思うけれど、何を話せば良いかわからない。そんな時、ライブハウスのドアが開いて「新潮」の編集長矢野さんが入ってきた。

それ以降、沈黙が気にならなくなり、やっと気持ちが落ち着いた。
そこから、電話を待った。メンバーは黙って前だけを見つめている。後ろから、時々思い出したように囁き声が聞こえる。

「直木……決まった？　えっ……決まった？」

特番「激録・警察密着24時!!」で犯人を捕まえる瞬間の、あの緊張感が走る。何かが終わる瞬間の激しいうねりを感じた。程なくして、机の上の電話が鳴る。来た。出たら終わる。とても名残惜しい。芥川賞は、電話に始まり、電話に終わる。出たくない。息を止めて、電話を摑む。通話ボタンを押して、耳に押し当てる。結果を聞いた。それをずっと前から知っていたような、とても懐かしい気持ちになった。

落選。とにかく何か言わなければいけない。顔を上げてメンバーの方を見た。

震えているのは自分の声なのに、まるで他人事だった。悔しさも悲しみも、なかなか追いついてこない。そこに紛れもない結果だけがあって、ただそれを感じていた。

次に後ろを向いて、新潮社の皆さんにお礼を伝えた。何を話せば良いかわからなかったから、それ以上、何も言わなかった。今まで散々言葉を使ってやりとりをしてきたのに、言わない事で成立してしまうのが悔しかった。ここまで連れて来て頂いて、本当に、ただただ感謝しかない。

遠くから、恐る恐るカメラが近づいてくる。そうだ、これがあった。そんな気分じゃないのは先方だって十分わかっているはずだ。わかった上で、カメラが近づいてくる。やっぱり、どうしようもなく惨めで恥ずかしい。それでも受けると決めた以上、答えなければいけない。テレビ用に何か気の利いた事を言わなければ。でも、やっぱり何も出てこない。

「今の率直なお気持ちは？」

今のこの気持ちは何だろう。ただ、圧倒的な結果だけがある。その紛れもない負けに、体の中がめくれるような熱があった。音楽活動において、これほど明確な結果が出た事はない。次に小説を書く時は、書き終えた時、こんな気持ちになりたい。ただそこに結果だけがあって、それ以外はもう言葉にならないほど、書いて書いて書きつくさなければいけないと思った。

１人、２人、集まってくれていた人たちが帰っていく。ガランとしたライブハウスで、担当編集の杉山さんが「また新しい作品を書いてください。また一緒にやりましょう」と言った。普段は作家との距離を丁寧に保っている印象の杉山さんの言葉が、この時はやけに近くて、それが嬉しかった。

外に出て、バンドメンバーと記念に写真を撮った。その写真を見た時、自分をバンドマンだと思った。「芸能人枠」「出来レース」あれだけ揶揄（やゆ）された事が、この時やっと腑に落ちた。バンドは、紛れもなく帰る場所だったからだ。

それと同時に、やっと小説が戦う場所になった。

1月21日

起きたら頭がガンガンして、完全に二日負けの状態だ。昨日、どれだけ打ったのだろう。ま、と打つと「またここから頑張ります」という言葉が予測変換で出てくる。

届いた慰めの連絡に返信をしていた名残を見つけて、昨日が現実だったと実感する。

おめでとうより残念だったねと連絡をくれる人を大事にしたいし、自分もそうでありたい。

今はただ恥ずかしい。

紛れもない結果としての負けに、顔が赤くなる。

とにかく、夢のような時間だった。毎日が楽しくて仕方なかった。

「負けた」とか「負けだ」って打とうとする度に、予測変換で「またここから頑張ります」って出てくるのが鬱陶(うっとう)しい。

この恥ずかしさとか気まずさを、いつか何かにしたい。

またここから頑張ります。

単行本　二〇一八年三月　文藝春秋刊
「芥川賞候補ウッキウ記」　書き下ろし

文春文庫

苦汁200%（くじゅうにひゃくぱーせんと）
ストロング

定価はカバーに
表示してあります

2021年5月10日　第1刷

著　者　尾崎世界観（おざきせかいかん）
発行者　花田朋子
発行所　株式会社　文藝春秋

東京都千代田区紀尾井町 3-23　〒102-8008
TEL 03・3265・1211㈹
文藝春秋ホームページ　http://www.bunshun.co.jp

落丁、乱丁本は、お手数ですが小社製作部宛お送り下さい。送料小社負担でお取替致します。

印刷・萩原印刷　製本・加藤製本　Printed in Japan
ISBN978-4-16-791695-4

（　）内は解説者。品切の節はご容赦下さい。

大崎　梢
プリティが多すぎる
文芸志望なのに少女ファッション誌に配属された南吉くんこと新見佳孝・26歳。くせ者揃いのスタッフや10代のモデル達のプロ精神に触れながら変わってゆくお仕事成長物語。（大矢博子）
お-58-2

大崎　梢
スクープのたまご
週刊誌編集部に異動になった信田日向子24歳。「絶対無理！」と怯える気持ちを押し隠し、未解決の殺人事件にアイドルのスキャンダル写真等、日本の最前線をかけめぐる！（大矢博子）
お-58-3

大山誠一郎
赤い博物館
警視庁付属犯罪資料館の美人館長・緋色冴子が部下の寺田聡と共に、過去の事件の遺留品や資料を元に難事件に挑む。超ハイレベルで予測不能なトリック駆使のミステリー！（飯城勇三）
お-68-2

太田紫織
あしたはれたら死のう
自殺未遂の結果、数年分の記憶と感情の一部を失った遠子。その時に亡くなった同級生の少年・志信と自分はなぜ死を選んだのか――遠子はSNSの日記を唯一の手がかりに謎に迫るが。
お-69-1

太田紫織
銀河の森、オーロラの合唱
地球へとやってきた、慈愛あふれる宇宙人モーンガータ（見た目はほぼ地球人）。オーロラが名物の北海道陸別町で宇宙人と暮らす日本の子どもたちが出会うちょっとだけ不思議な日常の謎。
お-69-2

尾崎世界観
祐介・字慰
クリープハイプ尾崎世界観、慟哭の初小説！　売れないバンドマンが恋をしたのはピンサロ嬢――。「尾崎祐介」が「尾崎世界観」になるまで。書下ろし短篇「字慰」を収録。（村田沙耶香）
お-76-1

勝目　梓
あしあと
記憶の封印が解かれる時、妖しく危うい官能の扉が開く。この世に起こり得ない不思議。倒錯の愛。夢とも現実ともつかぬ時空を往来しながら描く、円熟の傑作短篇十篇。（逢坂　剛）
か-11-4

（　）内は解説者。品切の節はご容赦下さい。

角田光代
ツリーハウス
じいさんが死んだ夏、孫の良嗣は自らのルーツを探るべく、祖父母が出会った満州へ旅に出る。昭和と平成の世相を背景に描く、一家三代のクロニクル。伊藤整文学賞受賞作。（野崎　歓）
か-32-9

角田光代
かなたの子
生まれなかった子に名前などつけてはいけない――人々の間に昔から伝わる残酷で不気味な物語が形を変えて現代に甦る。時空を超え女たちを描く泉鏡花賞受賞の傑作短編集。（安藤礼二）
か-32-10

角田光代
拳の先
ボクシング専門誌から文芸編集者となった那波田空也は、一度は離れたボクシングの世界へ近づく。ボクシングを通して本気で生きるとは何かを問う青春エンタテインメント！（中村　航）
か-32-15

加納朋子
モノレールねこ
デブねこを介して始まった「タカキ」との文通。しかし、そのネコが車に轢かれ、交流は途絶えるが……表題作「モノレールねこ」ほか、普段は気づかない大切な人との絆を描く八篇。（吉田伸子）
か-33-3

加納朋子
少年少女飛行倶楽部
中学一年生の海月が入部した「飛行クラブ」。二年生の変人部長・神（じん）ことカミサマをはじめとするワケあり部員たちは果たして空に舞い上がれるのか？　空とぶ傑作青春小説！（金原瑞人）
か-33-4

加納朋子
螺旋階段のアリス
憧れの私立探偵に転身を果たしたものの依頼は皆無、事務所で暇をもてあます仁木順平の前に、白い猫を抱いた美少女・安梨沙が迷いこんでくる。心温まる7つの優しい物語。（藤田香織）
か-33-6

加納朋子
虹の家のアリス
心優しき新米探偵・仁木順平と聡明な美少女・安梨沙。『不思議の国のアリス』を愛する二人が営む小さな事務所に持ちこまれる6つの奇妙な事件。そして安梨沙の決意とは。（大矢博子）
か-33-7

（　）内は解説者。品切の節はご容赦下さい。

加納朋子
トオリヌケ キンシ
外に出られないヒキコモリのオレが自由を満喫できるのはただ夢の世界だけ――。不平等で不合理な世界だけど、出口はある。かならず、どこかに。6つの奇跡の物語。（東　えりか）
か-33-8

川村元気
億男
宝くじが当選し、突如大金を手にした一男だが、三億円と共に親友の九十九が失踪。「お金と幸せの答え」を求めて、一男の旅がはじまる！　本屋大賞ノミネート、映画化作品。（高橋一生）
か-75-1

北方謙三
杖下（じょうか）に死す
剣豪・光武利之が、私塾を主宰する大塩平八郎の息子、格之助と出会ったとき、物語は動き始める。幕末前夜の商都・大坂を舞台に至高の剣と男の友情を描ききった歴史小説。（末國善己）
き-7-10

北村　薫
中野のお父さん
若き体育会系文芸編集者の娘と、定年間近の高校国語教師の父。娘が相談してくる出版界で起きた「日常の謎」を、父は抜群の知的推理で解き明かす！　新名探偵コンビ誕生。（佐藤夕子）
き-17-10

桐野夏生
グロテスク（上下）
あたしは仕事ができるだけじゃない。光り輝く夜のあたしを見てくれ――。名門女子高から一流企業に就職し、娼婦になった女の魂の彷徨。泉鏡花文学賞受賞の傑作長篇。（斎藤美奈子）
き-19-9

桐野夏生
だから荒野
四十六歳の誕生日、身勝手な夫と息子たちを残し、家出した主婦・朋美。夫の愛車で気の向くまま高速をひた走る――。家族という荒野を生きる孤独と希望を描いた話題作。（速水健朗）
き-19-19

桐野夏生
奴隷小説
武装集団によって島に拉致された女子高生たち。夢の奴隷となったアイドル志望の少女。死と紙一重の収容所の少年……何かに囚われた状況を容赦なく描いた七つの物語。（白井　聡）
き-19-20

（　）内は解説者。品切の節はご容赦下さい。

貴志祐介
悪の教典（上下）
人気教師の蓮実聖司は裏で巧妙な細工と犯罪を重ねていたが、綻びから狂気の殺戮へ。クラスを襲う戦慄の一夜。ミステリー界の話題を攫った超弩級エンターテインメント。（三池崇史）
き-35-1

京極夏彦
定本　百鬼夜行―陽
『陰摩羅鬼の瑕』ほか、京極堂シリーズの名作を彩った男たち、女たち。彼らの過去と因縁を「妖しのもの」として物語る悲しく恐ろしいスピンオフ・ストーリーズ第二弾。初の文庫化。
き-39-1

京極夏彦
定本　百鬼夜行―陰
人にとり憑く妄執、あるはずもない記憶、疑心暗鬼、得体の知れぬ闇。それが妖怪となって現れる。『姑獲鳥の夏』ほか名作の陰にあった物語たちを収める。百鬼夜行シリーズ初の短編集。
き-39-2

北川悦吏子
半分、青い。（上下）
高度成長期の終わり、同日同病院で生まれた幼なじみの鈴愛と律。夢を抱きバブル真っただ中の東京に出た二人を待ち受けるのは……。心は、空を飛ぶ。時間も距離も越えた真実の物語。
き-42-2

樹林　伸
東京ワイン会ピープル
同僚に誘われ初めてワイン会に参加した桜木紫野。そこで織田一志というベンチャーの若手旗手と出会う。ワインと謎多き彼の魅力に惹かれる紫野だったが、織田にある問題がおきて……。
き-47-1

黒川博行
国境（上下）
「疫病神コンビ」こと二宮と桑原は、詐欺師を追って北朝鮮に潜入する。だがそこで待っていたものは……。ふたりは本当の黒幕に辿り着けるのか？　圧倒的スケールの傑作！（藤原伊織）
く-9-10

熊谷達也
邂逅（かいこう）の森
秋田の貧しい小作農・富治は、先祖代々受け継がれてきたマタギとなり、山と狩猟への魅力にとりつかれていく。直木賞、山本周五郎賞を史上初めてダブル受賞した感動巨篇！（田辺聖子）
く-29-1